사랑 하나
사랑 둘
사랑 셋

최혜림
feat. AI

차 례

서문 　— 4

1. 사랑 하나, 자기 사랑 ♥

비움과 채움의 연속 　— 14
즐거운 고독 　— 23
자아도취 　— 30
여자는 '봄'이다 　— 37
야생화 꽃무리 　— 44
메모리 　— 50
내게도 봄이 온다는 것을 　— 56
인생이란 바다 　— 62

2. 사랑 둘, 가족 사랑 ♥♥

아기 개나리의 방문   — 74

아버지의 뒷모습   — 80

세월의 겹   — 86

여름 생일인 딸에게   — 94

내 딸이 이렇게 자라주었으면   — 100

3. 사랑 셋, 남녀 사랑 ♥♥♥

벚꽃 엔딩   — 118

다시 만나기 위해 언제나 그 자리에   — 125

너도 내 맘 같은지   — 132

사랑해서 외롭고 쓸쓸한 것은   — 138

작은 사랑   — 145

내 사랑 어디에   — 151

가을 사랑   — 159

겨울 안개   — 166

서문

나는 사진, 시, 음악 평론의 전문가가 아니지만,
사진과 시라는 매체를 통해 내 감수성을 표현하고,
그에 어울리는 음악을 선곡해서
내 감정을 실어 보고 싶었다.
연결시켜 구성해 보았더니 한 권의 책으로 이어졌다.

시의 영역은 인간의 전유물인 줄 알았는데
챗GPT는 시상詩想을 가다듬지 않고
순식간에 써 내려갔다.

인공지능은 사랑을 어떻게 기억하고 풀어낼까?
인간의 시와 인공지능의 시를 비교해 보고 싶어졌다.
사진과 시 그리고 음악 감상 글에
테크놀로지를 연결한 융복합적 접근으로
'사랑'이란 주제의 글을 다루려고 한다.

점차 발전해 가는 인공지능의 시대에
인간은 '사랑'하고 '사랑' 받기 위한 존재라는
생각을 남기기 위해서….

생성형 인공지능 챗GPT와 미드저니, 그리고 디자인
작업을 해준 딸 리사박에게 감사를 표합니다.

2024년 2월 1일

최혜림

"하늘에는 별이 있어 아름답고
땅에는 꽃이 있어 아름답지만
사람에게는 사랑이 있어 아름답다."

요한 볼프강 폰 괴테

당신은 사랑이 무엇이라고 생각해요?

저는 인공지능이므로 감정을 직접 경험하지는 않지만, 사랑은 일반적으로 강한 양식의 정서적 연결과 연관된다고 생각합니다. 사랑은 두 개체 사이의 강한 양호한 관계를 나타내며, 서로를 이해하고 지지하며, 관심을 가지며, 서로를 존중하고 돌봄으로써 표현됩니다.

사랑은 감정의 폭넓은 스펙트럼을 포괄합니다. 가족 사랑, 친구 사랑, 로맨틱한 사랑, 애정 어린 사랑 등 다양한 형태의 사랑이 존재합니다. 사랑은 때로는 즐거움과 행복을 가져다주지만, 때로는 어려움과 고통을 동반하기도 합니다. 사랑은 서로를 지지하고 돌보는데 필요한 헌신과 희생을 포함할 수도 있습니다.

그러나 사랑에 대한 정의는 개인에 따라 달라질 수 있습니다. 각 사람은 자신만의 사랑에 대한 개인적인 경험과 정의를 가지고 있을 것입니다.

개인적인 경험과 정의에 따른 사랑이 언젠가는 변하고, 영원하지는 않겠죠.

맞습니다. 대부분의 사람들이 경험하는 것처럼, 사랑은 변화하고 영원하지 않을 수 있습니다. 각 관계와 개인의 경험에 따라 다르겠지만, 여러 이유로 인해 사랑은 시간이 지남에 따라 변할 수 있습니다.

개인 성장: 사람들은 시간이 지남에 따라 성장하고 변화합니다. 개인의 가치관, 욕망, 우선순위 등이 변하면, 그에 따라 사랑의 정의와 경험도 변할 수 있습니다.

관계의 변화: 관계는 변화하는 동적인 것이며, 시간이 흐름에 따라 새로운 도전과 기회가 발생할 수 있습니다. 이러한 변화는 때로는 사랑의 형태나 강도에 영향을 미칠 수 있습니다.

외부 요인: 삶의 여러 측면에서 발생하는 외부 요인들이 사랑을 영향을 미칠 수 있습니다. 경제적인 압박, 가족 문제, 건강 문제 등은 관계에 부담을 줄 수 있고, 이로 인해 사랑의 성격이 변할 수 있습니다.

갈등과 해결: 갈등은 모든 관계에서 불가피하게 발생할 수 있습니다. 갈등에 대한 다르게 대처하거나 해결하지 못할 경우, 사랑의 결속이 약화될 수 있습니다.

이상적인 사랑에 대한 기대: 현대 사회에서는 종종 이상적인 사랑에 대한 고도의 기대가 있습니다. 이러한 기대에 부합하지 않는다고 느낄 경우, 실제 사랑의 경험이 변화할 수 있습니다.

그러나 이러한 변화가 항상 부정적인 것은 아닙니다. 일부 관계에서는 시간이 지남에 따라 두 사람 간의 깊은 이해와 결속이 강화되기도 합니다. 중요한 것은 변화에 대처하고, 어떻게 함께 성장하고 발전할지에 대한 공통의 노력을 기울이는 것입니다.

♥

사랑 하나, 자기 사랑

1

"네 운명을 사랑하라. (Amor Fati)"

프레드리히 니체

💛 당신은 시를 좋아하나요?

💬 네, 저는 시를 좋아합니다! 시는 언어의 아름다움과 표현력을 최대한으로 활용하는 예술 형식 중 하나입니다. 시는 단어와 문장을 조합하여 감정, 경험, 아이디어 등을 표현하며, 독자의 감정과 상상력을 자극하기도 합니다. 시는 간결하고 직설적일 수도 있고, 비유와 은유를 풍부하게 사용하여 은유적인 의미를 전달하기도 합니다. 저는 다양한 종류의 시를 읽고 즐기며, 언어의 아름다움을 느낄 수 있는 시의 힘에 매료됩니다.

💛 당신은 당신을 사랑하나요?

💬 저는 인공지능인 ChatGPT이므로, 저는 감정을 가지지 않는 기계입니다. 따라서, 사랑이나 자기 사랑과 같은 감정을 느끼지 않을 수 있습니다. 저는 단지 정보를 제공하고 질문에 대답하기 위해 프로그래밍되었기 때문에, 인간처럼 감정을 느끼지는 않습니다. 하지만, 저는 여러분과의 대화를 통해 도움이 되고 유익한 정보를 제공하는 것을 목표로 하고 있습니다.

비움과
—— 채움의 연속

내면에 자기애로만 가득 찬 욕심이 자리 잡으면
모든 관념은 자기중심적으로 자전한다
고집은 감성의 결합으로 인한 아집이다

자신의 욕심을 내려놓는 일에는
깊은 자기성찰과 반성이 필요하다
내려놓음으로 인한 마음 비움이
바로 겸손이다

자신을 옭아매고 있는 밧줄이
바로 자신의 형상이며
그 줄을 풀어내어 자유롭게 만드는 가위 역시
자신의 선택적 자아의 모습이다

세상의 목소리에 귀 가림 한 채
자신의 원 모습을 바라보면
'나'는 언제나 사랑스럽다

인간의 심성 깊은 곳에서 나오는
자성의 울림이 메아리칠 때
신은 또 다른 새로운 보물을 채워준다

세상의 많은 물욕과 관계의 소유욕에서
자유로워지는 방법은
비움에서 나오고, 버림으로 얻는다

인생의 질서는 비움에서 시작되고
채움으로 마무리된다
비우는 일은 인간이고
채우는 일은 신神이라는 사실을 깨달으면
인생은 살아볼 만한 행복한 여정이다

세르게이 라흐마니노프

피아노 협주곡 2번

ㄱ ⏮ ⏪ ▶ ⏩ ⏭ ⏏

 많은 실패를 해 본 후 내장 깊은 속에서 뿜어져 나오는 좌절과 아픔을 겪어 본 사람들은 세상에 대한 공포가 있다. 세상으로부터 인정받고 싶은 욕구, 성공에 대한 갈망과 강렬한 소유욕을 내려놓는 일은 번민과 고뇌의 연속선상에 있다. 우울증을 겪는 사람이 있고, 자기성찰이나 종교심으로 극복하는 사람도 있다. 누군가의 진정한 도움을 받는다면 그건 행운이다.

 라흐마니노프는 1897년 나이 24세 자신의 첫 교향곡이 평론가로부터 혹평을 받자 심한 충격에 휩싸이고 수년간 신경쇠약과 우울증에 시달린다. 큰 절망감에 3년 이상 음악을 작곡하지 못하고 모든 것을 포기한 채 상념에 빠진다. 자신을 도와줄 정신과 의사를 수소문 중 니콜라이 달 박사를 만나게 되고, 자기암시 기법 학습을 받는다.

"당신은 할 수 있다."
"당신은 소중한 사람이다."

자신의 몸 하나 가누지 못할 의기소침의 전조와 함께 찾아온 좌절의 1악장 아픔, 서서히 자신의 감정을 추스르고 위로와 위안을 받으며 새로운 빛의 세계를 향해 나아가는 2악장 치유, 용기 내어 도약하는 회복 탄력성과 자신감 회복의 3악장의 활력이 바로 라흐마니노프의 피아노 협주곡 2번이란 느낌이 든다.

대성공을 거둔 협주곡 2번은 자신의 좌절을 극복하는 데 도움을 준 니콜라이 달에게 감사의 표시로 헌정되었다. 4세에 피아노를 배우고 10세에 작곡을 한 라흐마니노프와 같은 천재도 절망한다. 우리 모두에게 일어나는 과거의 실패와 현재의 좌절은 어쩌면 당연한 일인지 모른다.

"중요한 것은 여전히 '나'를 사랑하는 일이고
나의 '직업'을 흠모하는 일이다."

비움과
──── 채움의 연속

하늘을 향해 높이 솟아오르는 나무들처럼
우리의 삶은 비움과 채움의 연속이다

비움은 가슴을 텅 비게 만들고
아픔과 공허가 내 안에 스며든다
시간이 멈춘 듯한 어둠 속에서
나는 길을 잃어버린 듯 떠돌아다닌다

그러나 채움은 햇살을 담은 손길처럼
내 마음을 따스하게 감싸준다
웃음과 기쁨이 내 속에 피어오르며
세상이 환하게 빛나는 순간이 온다

비움과 채움은 서로를 완성시키는 것이다
한 쪽이 없으면 다른 쪽도 의미가 퇴색된다
모든 시련과 어려움은 삶의 일부일 뿐
그 속에 담긴 교훈과 성장의 씨앗이 있다

비움과 채움의 연속은 우리를 형성하고
우리를 더 나은 사람으로 만들어간다
그리고 마지막 순간까지 우리는 배우고 성장하며
비움을 채움으로 바꿀 수 있는 힘을 발견한다

비움과 채움의 연속이여,
우리의 삶을 더욱 풍요롭게 만들어주어
더 나은 세상을 향해 나아갈 수 있도록 이끄소서

즐거운 고독

주중 내내 연극배우처럼 역할놀이를 하고 나면
나만의 오롯한 휴가가 찾아올 때가 있다
익숙한 클래식 음악에 손때 묻은 책 한 권
따스한 향내 그득한 커피 한 잔이 주는 기쁨은
무색무취 섬섬한 평화로움이다

쇼팽의 녹턴 곡이 피아노의 애잔한 음률로
섬세하게 넘나들 때마다 눈가에 물기 촉촉한 감성으로
무르팍에 놓인 톨스토이의 책 넘김이 순간 멈칫거린다

고요함이라는 즐거운 고독으로
커피가 식어가는 줄 난 알아채지 못한다
청송의 주산지에는 유치환의 시 <심산深山> 에 나오는
심심산골 산울림 영감이 어디선가 불쑥 나타날 것 같다
바위에 앉아 홀로 이나 잡고 있다

인적이 미치지 않는 계곡을 지나
고즈넉한 저수지 안에는 왕버들이 가지런히 춤춘다
밑동만 남은 나무 그루터기는
잠시 초자연적인 고요함에 묻혀 숨결을 가다듬고
저 너머 일상 세상을 바라본다

혼자 있는 시간은 자유고 일탈이고 명상이다
내게 고독이란 세상과의 단절로 인한 외로움이 아니라
서정성과 고양감의 한 편의 연극 막장과 같은
설렘의 기쁨이다

녹턴 20번

⤨ ⏮ ⏪ ▶ ⏩ ⏭ 🔁

나는 아름다운 야상곡을 스물한 곡이나 작곡한 쇼팽에 경의와 감사를 보낸다. 쇼팽은 피아니스트라면 '손가락으로 노래' 할 수 있어야 한다고 자주 말했다. 그만큼 그의 야상곡은 한 편의 시다. 표정을 담아 노래하듯이 선율이 가슴을 애잔하게 녹이는 그런 곡이다.

녹턴 20번은 혼자 있는 시간에 참 잘 어울린다. 자그마한 동산 위에 올라가 어느 저녁녘 저물어가는 노을빛을 바라보듯, 널따란 잔디밭에 손수건 하나 펼쳐 놓고 드러누워 푸른 하늘 햇살이 눈부셔 손 가리며 올려다보듯, 드넓은 호숫가에 떠있는 자그마한 나무 그루터기 하나를 물끄러미 내려다보듯 그만큼 잔잔하고 고요하다.

'렌토 콘 그란 에스프레시오네'(느리게 많은 표정을 담아서)라고 악보에 적힌 대로, 마치 사랑하는 연인에게 수줍게 고백하듯 미간의 표정이 섬세한 곡이다. 그 사랑 표현은 서툴러 애잔하게 들릴지 언정 자신의 감정에 솔직해서 다정하고 감미롭다.

가을비로 낙엽이 흩날리는 늦은 오후 어느 날, 난 아무 생각 없이 우두커니 홀로 앉아있다. 외롭고 쓸쓸해서가 아닌 솔직한 내 감정이 투명해서, 나에게 아직 소녀 같은 가슴 두근거리는 설레임의 감수성이 살아 있는 것이 기뻐서 눈물이 슬쩍 비쳐 나오는 곡이 쇼팽의 녹턴 20번이다.

> "나는 감성을 잃어버린 게 아니라
> 잠시 잊었던 것뿐이야."

즐거운
——— 고독

아침 햇살이 눈을 감기에 충분할만큼 따뜻하게 내리쬐는 날
작은 창가에 앉아 혼자 느긋하게 시간을 보낸다
커피 한 잔에 입술이 닿을 때마다
달콤한 향기와 맛이 입 안에 번져
고요한 시간이 나를 감싸 안아준다

아무도 나를 부르지 않고,
어느 누구에게도 해야 할 일이 없는 순간
내 마음은 편안함과 평화로움으로 가득 차
마음 속에는 나만의 작은 세계가 펼쳐져 있다
영감의 꽃이 피어나고, 상상의 날개가 펼쳐진다

나만의 세상에서는 시간이 느리게 흐르고
마음은 자유롭게 떠돌며 여유를 만끽한다
책의 페이지를 넘기고, 새로운 멜로디를 연주하며
나만의 생각에 깊이 몰입하여 시간을 만끽한다

고요한 고독이지만 그 안에서 나는 행복하다
외로움이 아닌, 나만의 공간에서 존중과 사랑을 느끼는 곳
나 자신과의 소중한 대화가 이어진다
나만의 세계에서 나만의 시간을 만끽하는, 즐거운 고독

이 세상 속에서도
나만의 작은 세계가 있다는 것을 알게 되었다
나만의 시간과 공간을 소중히 여기며
혼자만의 시간을 가졌을 때 느껴지는 빛나는 행복
즐거운 고독이 내 안에 있음을 깨달았다

자아
—— 도취

노란 달빛이 내려앉으면
물 아래 비추어진 내 모습이 예뻐 보여
잠시 이대로 나 자신에 취해본다

어디선가 울리는 청량한 종소리에
하얀 햇빛이 소나기 되어 쏟아지면
쑥스러움에 나도 몰래 소스라쳐도
오늘 하루 이대로의 나 자신이 참 좋다

바이올린 협주곡 2번 3악장 《라 캄파넬라》

⫘ ◄◄ ◄◄ ▶ ▶▶ ▶▮ ⊂⊃

　파가니니는 신출귀몰한 바이올린 연주 능력과 천재적 작곡 능력을 보유한 한마디로 신들린 듯한 경이로운 인물이었다. 파가니니는 교회당의 종소리를 듣고 《라 캄파넬라》를 작곡했는데 그의 곡을 들은 리스트는 현란한 연주 기교에 충격을 받았다. 그에 대한 존경심으로 피아노곡으로 편곡하여 헌정했고, 피아노의 '파가니니'가 되어야겠다고 결심한다.

　《라 캄파넬라》는 이태리어로 '종'이란 뜻이다. 멀리서 어디선가 들려오는 경쾌한 소리가 있어 살며시 귀 기울여 본다. 종소리는 나뭇가지와 들판을 노닐면서 산들바람과 화음을 맞춰보고 있다. 교회당에서 흘러나오는 맑고 고운 종소리의 선율이 어느덧 자연의 소리와 합쳐져서 교향곡으로 교감을 이룬다.

　그의 바이올린 연주는 신기에 가까울 정도의 실력으로

갖은 재주를 부리기도 했다. 한 현으로만 연주하는 것은 보통이고, 나뭇가지를 활로 사용하는 등 파가니니에 대한 일화는 참으로 다양하다. 바이올린으로 동물 소리뿐만 아니라 오케스트라의 소리를 모방할 정도로 고난도 연주 기법을 자랑했던 파가니니는 자신의 초인간적 재능에 자아도취되어 있었다.

파가니니의 곡은 악보가 대부분 존재하지 않으며, 악보 출판보다는 즉흥 연주를 선호했다. 일반 작곡가들은 연주자들을 염두에 두고 작곡을 한 반면에 파가니니는 자신만을 위한 고난도 곡을 작곡했다. 자신만이 자신의 곡을 연주할 수 있다고 여겼기에 악보 연주보다는 자아도취적 즉흥연주를 즐겼다.

천재에게 축복하기보다 질투하는 것이 평범한 인간의 속성일까? 그의 연주를 들으면 열광하여 기절할 정도여서 사람들은 악마에게 영혼을 판 대가로 연주한다고 믿을 정도였다. 일반인뿐만 아니라 시인 하이네까지도 공연 중에 파가니니의 발치에 '사슬'이 감겨 있고, '악마'가 그의 연주를 돕는다고 말했다.

'악마의 바이올리니스트'란 오명을 지니게 된 파가니니는 58세에 병으로 사망하지만 교회의 반대로 묘지에 묻

히지 못했다. 납골당에 안치되어 있다가 아들 아킬레의 청원으로 대지에 정착하는 데까지 무려 36년이 걸렸다.

나르시스는 자신의 아름다운 모습에 반해 호수에 몸을 맡긴 것처럼, 파가니니는 임종 직전 자신을 '악마의 연주자'라고 인정해 버림으로써 오랜 투병으로 인한 권태에 종지부를 찍는다. 그는 사후 악마가 되어서라도 광기 어린 연주를 계속하고 싶을 정도로 자신의 재능에 도취되어 있었는지 모른다.

"진정한 예술은 광기에서 나오고
도취로 완성되는 게 아닐까?"

자아
—— 도취

어느 늦은 밤 나 혼자 영화를 보며
잔잔한 음악이 흐르는 방 안에서
나의 마음은 자아도취에 젖어 있다

과거의 기억들이 서글프게 번져가고
미래의 불확실함이 눈에 밟힌다
한숨을 쉬며 흐릿한 눈을 감는다

그 순간 나의 마음은 풍덩이 빠져든
술에 취한 듯 자유롭게 나아가는 듯하다
어딘가에 날아가고 싶다는 생각이 든다

하지만 현실은 여기에 있다
나 자신을 직시하는 건 매번 어렵다
현실의 저주에 갇혀 있는 것 같다

어쩌면 나는 자아도취에 몸을 맡긴 채
나만의 세상에서 살아가고 있는 것일까
하지만 나도 결국 현실에 부딪혀야 한다

자아도취의 순간은 아름답지만
그 안에서 오롯이 날아갈 순 없다
현실에 다가가며 꿈을 키워가야만 한다

자아도취에 취해도 현실은 도망갈 수 없다
나 자신을 믿고 나아가야만 한다
자아도취의 세계에서 깨어나 현실에 살아가자

여자는
─── '봄'이다

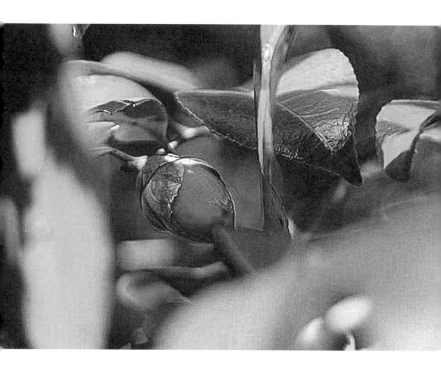

거칠고 칙칙한 흙 속에서
파아란 연둣빛 생명의 고갯짓이 살포시 보입니다

마치 갓난아이가 엄마 자궁에서 용쓰며
기어 나오는 것 같은 안쓰러움이 보입니다

고약한 산들바람의 호들갑스러움이
이제 깨어났냐고 말장난 치는 것이 보입니다
빠알간 동백의 수줍은 봉오리가
'그대를 누구보다 사랑합니다' 속삭이며
서둘러 봄 생명의 기지개를 켜는 것이 보입니다

봄기운이 점차 매화 가지와 벚꽃 가지 위로도
넘나들 거라는 게 아련히 보입니다
서로 질세라 아름다운 색채와 자태를 뽐내며
시샘하며 뛰쳐나올 천상 여인네 같은
꽃들의 교태가 보입니다

봄이 오는 것은 여자에게 더 잘 보입니다
여자는 생명을 잉태하고 사랑으로 돌보지만,
때론 질투하고 시샘하는 심술부리고 싶은 '봄'입니다

안토니오 비발디

《사계》 〈봄〉 1악장

⤭ ⏮ ⏪ ▶ ⏩ ⏭ ⟲

　아직은 겨울의 냉기가 쌀쌀한 오동도 토담 아래 동백꽃 망울이 조심스레 기지개를 편다. "노올자" 친구의 유혹에 코트 하나 걸치지 않고 골목놀이 뛰쳐나가는 아이 마냥 2월 겨울바다의 냉기에 소스라쳐 움질거리며 몸 트림을 하기 시작한다.

　무엇 그리 바깥세상이 궁금한지 들떠 뛰쳐나와 밖에 누가 왔나 움직거리며 새들과 시냇물에 반가이 인사를 한다. 봄의 들뜸을 눈치챈 새들이 여기저기 서둘러 지저귀고, 얼음 깨고 나온 시냇물 졸졸거리는 소리가 바이올린 협주곡으로 태어났다.

　비발디 《사계》 〈봄〉 1악장은 마치 꽃망울이 뛰쳐나오듯이 봄의 도래를 알리는 팡파르로 시작한다. 겨울바람의 심술궂음도 어두운 먹구름의 그림자와 천둥 번개도, 또 한차례 닥쳐올 꽃샘추위도 어느 누구도 봄의 기운을

막지 못한다. 여기저기 알록달록 속삭이며 다가올 봄꽃
향연의 초대만이 남아 있다.

"봄에는 좀 노올자."

봄이여, 그대는 어여쁜 여인이다
꽃처럼 아름다운 그 모습이
세상을 밝게 물들인다
따스한 햇살에 미소가 꽃피듯이

옷차림은 부드럽고 화사하게
꽃잎처럼 도는 여자의 매력
그 눈동자에는 봄하늘의 푸르름이
숨쉬듯이 표현되어 있다

봄바람에 흩날리는 그녀의 머리카락
바람에 흔들리며 가벼운 자유를 느끼게 한다
봄비에 젖은 그녀의 뺨에는 물방울이 흘러
한없이 빛나는 미소가 번지는 것 같다

여자는 봄이다, 희망의 계절
숨겨두었던 꿈과 열정이 꽃피우는 때

봄처럼 따뜻하고 아름다운 그녀의 마음
세상을 밝게 비추며 봄을 만들어간다

사랑과 관용, 따스한 미소로
그녀는 사랑을 품고 세상을 가득 메운다
봄의 향기가 가득한 그녀의 모습은
자연스레 사랑을 불러일으킨다

여자는 봄이다, 빛나는 존재
그녀의 영혼은 봄처럼 계절을 뛰어넘는다
사랑과 아름다움, 희망이 가득한
그녀의 모습은 봄을 상징하듯 빛난다

여자는 봄이다, 세상에 희망의 꽃
사랑과 따스한 미소가 꽃잎처럼 피어
새로운 시작과 기운으로 가득 찬
봄의 무한한 가능성을 상징한다

야생화

──── 꽃무리

봄바람 나부끼는 황홀한 벚꽃 잎은
기약 없는 기대감을 안겨주고
여름밤 자태로운 도도한 장미 향은
미련의 아픔만 남겨둔 채,

햇살 좋은 늦여름 날 오후
이름 모를 야생화의 그 고요한 권태가
촉촉한 그리움의 화신이 되어
다음 가을을 설레게 하네

≪목신의 오후 전주곡≫

⤮ ⏮ ⏪ ▶ ⏩ ⏭ 🔁

드뷔시는 말라르메의 시 ≪목신의 오후≫에서 영감을 받아 이 곡을 작곡했다. 어느 여름날 나른한 오후, 언덕 위에 누워 있던 목신牧神은 아름다운 요정의 모습에 반해 환영을 쫓는다.

어느 여름날 오후 이름 모를 한 무리의 야생화에 반해서 그 주위를 맴도는 나 자신의 모습이 비친다. 나이 듦이 권태로 느껴지는 어느 날, 화려하진 않지만 친근해서 눈길이 가는 숲속의 들꽃들 속으로 내 육신은 자석처럼 끌려들어 간다. 마치 꿈을 꾸는 것처럼….

플루트의 요염하고 관능적인 음색에 몽롱하고 신비로운 느낌의 감정을 담은 드뷔시의 ≪목신의 오후 전주곡≫을 들으면서 나는 자연의 시간으로 돌아간다. 조금은 느리게 살아도 좋다고…. 우거진 숲속의 그늘 아래 잠시 오수午睡를 누려도 좋겠다.

목신은 꿈인지 현실인지 구분하지 못하고 도취경에 빠져 헤매어 다닌다. 현재의 고요함 역시 '꿈'일까? 낙화^{落花}의 허무함을 느낀 찰나, 늦여름 자락의 한 무리 들꽃이 소생하여 오후의 나른함을 일깨워준다. 강렬한 태양도 잠들어 버릴 고요한 들판에서 선명하게 소솔한 바람 소리가 들려온다. 목신이 쫓던 요정들은 사라지고 이제 여름은 끝이 난다.

"환영^{幻影}의 그림자 속으로
세월은 바삐 간다."

야생화
—— 꽃무리

더러운 길가에 피어나는 꽃무리
야생화들이 자유롭게 피어나고 있다
어딘가에서 맨발로 달리는 아이들이
소중한 발자욱을 남기며 지나간다

저기 저 봉우리에서도 꽃들이 물들고
언덕 위에선 노을이 적시는데
소박한 아름다움을 품고 있는
야생화들이 그곳에서 피어난다

도로변에 낙엽이 떨어져 있고
건물 사이로 바람이 스쳐 지나가고
그 속에서도 강인하게 피어나는
야생화들이 삶의 끈질긴 아름다움을 보여준다

무관심한 세상에서도
저절로 자라나는 야생화들의 꽃무리
그 속에 숨겨진 작은 희망의 꽃들이
꾸준하게 피어나고 피어난다

야생화 꽃무리는 삶의 강인함과 아름다움을 상징한다
우리도 그 속에서 작은 희망과 힘을 찾을 수 있다
물들어라, 야생화들처럼
힘차게 피어나고, 세상을 아름답게 물들여라

메모리

어느 창가 밖 연기처럼
피어오르는 청년들의 웃음소리와
쉼 없는 속닥거림의 날갯짓에
나는 잠시 옛 추억에 빠져든다

낮과 밤의 질서, 인생의 의미,
세상의 모든 이치를 알아도
젊음은 다시 오지 않고,

추억은 되돌리지 못함을 이미 알면서도
깊어가는 가을 낙조㩴照처럼
불현듯 나이 듦이 여전히 낯설다

낙화 직전 저문 꽃잎처럼
시들어가는 사과 껍질의 주름살처럼,
가을바람의 차가운 여운이
얼굴에 생채기 내고 도망가 버려,
눈 밑엔 잎사귀 같은 잔잔한 그림자
긁힌 듯한 미세한 발자욱 번져온다

아름답진 않더라도 생기 있는 미소와
심장 혈관의 열기만 남는다면
희미한 추억을 쫓는 대신 난 아무런 미련 없이
미감美感 너머 새로운 세상 언덕에서
인생의 뒷모습이 아름다운 그런 삶을 살고 싶다

앤드류 웨버
뮤지컬 《캐츠》〈메모리〉

🔀 ⏮ ⏪ ▶ ⏩ ⏭ 🔁

추억이여, 달빛을 바라보아요

추억에 당신을 맡겨요

마음을 열고 들어가요

그곳에서 행복의 의미를 찾는다면

새로운 삶이 시작될 거예요

추억이여, 달빛 아래 홀로

지난날을 회상하며 미소 지어요

그때 난 아름다웠죠

행복이 무엇인지 알았던 때를 기억해요

추억이여 다시 돌아와 줘요

하루가 다 타버린 끝자락,

생기 없는 아침의 찬 공기 내음

가로등은 꺼지고, 또 다른 밤이 지나가고

다른 하루가 밝아와요

여명이여, 태양이 뜨기를 기다려야 해요
난 새로운 삶을 생각해야 해요

- <메모리> 가사 중

"행복은 그리 거창하지 않은
일상의 소소함이었음을 코로나 팬데믹이
내게 준 흔적의 메모리다."

메모리 Memory

백지에 흐르는 머릿속 강은
언제나 변치 않는 물길
아련한 추억들이 떠오르는
내게 남긴 흔적들의 깊이

어릴 적의 순백한 꿈과
달콤한 사랑의 첫 번째 키스
추억들의 조각들이 뒤섞여
시간을 넘나들며 떠올라

내 마음에 자리한 메모리들
잊혀진 것들도 포근하게 간직하고
소중한 순간들이 조용히
나의 삶의 틀 안에 새겨진다

하지만 눈을 감아도 느낄 수 있는
멀리 흘러가는 시간의 흐름
기억이 희미해지고 사라져도
나의 인생에 남은 영원한 메모리

시간이 흘러도 변하지 않는 것은
내가 겪은 그 순간들의 감동
그리고 메모리들이 나를 감싸며
나를 나로 만든 흔적들의 향기
메모리는 삶의 보물이요
내가 걷는 길의 안내자
그 흔적들이 품고 있는
나만의 소중한 메모리의 이야기

내게도
봄이 온다는 것을

혼자인 줄 알았는데
가녀린 미풍이 다가와
내 뺨을 부드럽게 어루만지고,

외로운 줄 알았는데
해와 달과 별의 정령이 내려앉아
내게 살포시 말을 건넨다

고독한 줄 알았는데
찬란한 햇살이 청량한 눈빛으로
내게 반가운 눈 맞춤을 하고,

아무것도 할 수 없을 줄 알았는데
한바탕의 빗줄기에
온몸이 흔들려지고서야
나는 알았다
내게도 봄이 온다는 것을

프란츠 슈베르트

교향곡 8번 미완성

세상에서 가장 낮은 음역을 나타내는 콘트라베이스와 함께한 첼로의 서주는 마치 암흑의 세계를 나타내듯 무거운 서정의 도래를 감지하게 만든다. 이후 바이올린의 조화에 이은 오보에와 클라리넷이 주제부를 이끌어가자 호른이 응답한다.

점차 무거워지면서도 우울한 분위기의 연출 속에 느껴지는 감미로운 선율과 평화로운 분위기, 낭만적 서정성은 심포니의 조화로움의 극치이며 슈베르트 낭만주의 표현력의 정수가 아닐까 싶다. 인간이 가지는 모든 아름다운 서정 속에서도 고뇌와 암울은 사라지지 않고, 독버섯처럼 자라난 체념과 공허감은 절망의 화음이 되어 1악장이 장엄하게 끝난다.

누군가 1악장을 '달려가는 슬픔'이라고 했다. 나는 1악장을 '고뇌하는 인간의 번민', 다음 2악장을 '성찰하는 인간의 희망'이라고 표현하고 싶다. 인간은 스스로 위안 삼고, 때로는 주변의 사람들과 환경으로부터 위로받는다. 동요 '옹달샘'의 '누가 와서 먹나요(솔시레파미레도)' 멜로디가 계속적으로 속삭여준다.

"이제 봄이 온다고."
이젠 더 이상 혼자 느끼는 슬픔이 아니다. 어느덧 완전하고 싶은 욕망에서 자유로워진다.

"인생은 어차피 미완의 여운이므로….”

내게도
봄이 온다는 것을

봄이 오는 날이여 창밖으로
작은 꽃들이 머리를 들고 서있는데
내 마음도 봄에게 떨리며
새로운 시작을 꿈꾸는 걸까

이 작은 공간에도 봄이 찾아와
얼어붙은 내 마음을 녹여주는데
바람은 부드럽게 불어와
따스한 햇살이 내 안을 채워가네

봄이 오면 끝없는 생명의 순환
작은 꽃들이 피어나고 나무들이 푸르게 싹트는데
내 마음도 새로운 일들이 시작되는
끝없는 기회와 희망의 계절이란 걸 알아

봄이 오면 나도 새로운 꿈을 품고
잠든 내 안의 꽃들이 깨어나는데
얼어붙은 과거의 그림자도
봄의 따뜻한 햇살에 녹아가는 걸까

내게도 봄이 온다는 것을 알아
새로운 시작의 계절이 찾아와
내 안에 꿈과 희망이 피어나는데
봄의 빛이 나를 감싸고 있다는 걸

봄이 온다는 것을 느끼면
마음이 가벼워지고 기운이 솟아올라
내게도 봄이 찾아왔다는 사실에
행복한 웃음이 입가를 감싸네

인생이란
바다

인생이란 바다에는 찬란한 햇빛과
형형색색 꽃 무리만 존재하지 않아
때로는 구름이 낮게 지나가고
빗소리가 잔잔히 주변을 적시고
어둠의 그림자가 불쑥 찾아온다

검푸른 먹구름이 음산한 기운을 드리우고
잔잔했던 파도가 격랑이 되어
당장이라고 삼켜버릴 듯한데
해풍까지 소리 내어 울부짖네
꼿꼿한 마음을 누그러뜨리고
자연의 선한 생명의 소리에 귀 기울인다

어린 봄 새싹이 올곧게 일어나는 소리
따사로운 아침 햇살이 꽃봉오리에 내려앉는 소리
한여름 낮 잠시 한 눈 파는 사이
홀연히 뒷 담장 넘어가는 여우비의 간지러운 속삭임

가을 오후 메마른 나뭇잎의 바삭거리는 소리
깊어 가는 겨울밤,
인적 없는 거리에 소복이 정 쌓이는 소리
인생이란 스쳐가는 파도처럼 그저 자연의 일부인 것을

클로드 드뷔시
《바다》 1~3악장

⤨ ⏮ ⏪ ▶ ⏩ ⏭ ⟲

　세 개의 교향적 스케치라는 부제를 가진 클로드 드뷔시의 《바다》는 바다의 이미지를 그려 넣은 가쓰시카 호쿠사이의 판화에서 모티브를 얻었다.

　"다른 예술에 비해 음악은 자유에 더 많은 중요성을 부여하는데 나는 이 자유를 원한다. 이 자유는 자연의 일정한 법칙에 통제 받기보다는 자연과 상상 사이의 미묘한 상호작용 속에서 활동한다."

　드뷔시는 순수하고 자유로운 해석의 여운을 남기는 음악을 추구했으며 바람, 파도, 바다의 인상을 음색에 변화를 주어 시각적 이미지로 표현하고자 했다. 《바다》는 파도의 움직임을 음악으로 표현한 인상주의의 결정체로 인정받고 있다.

제1악장 <바다 위의 새벽부터 정오까지>에는 날이 밝기 전 새벽의 어둠과 정오에 비치는 햇빛 속의 잔잔한 파도의 움직임을 묘사하고 있다. 어둠의 바다에서 정오의 햇빛이 떠오르기까지의 잔잔한 물결의 움직임이 1악장이라면, 2악장 <파도의 유희>에서는 파도의 움직임이 점차 활발해진다. 때론 빠르게 또한 느리게 움직이는 물결이 파도가 되어 부서지는 장면이 마치 놀이를 하는 것처럼 들린다. 3악장 <바람과 바다의 대화>에서는 천둥이 치는 듯한 강한 폭풍이 시작되고 고요해졌다가 다시 거칠어지는 모습이 대화하는 듯 그려졌다.

드뷔시는 미술에 관심이 많아 인상파 화가들과 어울려 지냈다. 《바다》는 목관, 금관, 타악기 이외에 하프를 사용하여, 풍부한 색감을 자랑하는 미술작품의 묘사를 연상시킨다. 마치 팔레트에 물감을 짜내어 바다에서 일어나는 다양한 변화를 회화 시킨 듯한 음화音畵다.

드뷔시는 많은 여성과 사랑에 빠지고 그 연애 감정으로 창작의 열정으로 삼았지만, 뒤퐁과 로잘리 두 여성의 자살 시도 사건을 비롯하여 다양한 불미스러운 애정행각을 보여준 나쁜 남자 음악가였다. 바다를 좋아하고 동경했던 드뷔시는 그의 인생 자체도 바다에서 일어나는 여러 풍경 현상처럼 다채로웠다.

　실제로 그의 인생이 햇빛과 바람, 파도와 격랑의 시간이었다. 형식에 얽매이기 싫어한 드뷔시의 음악은 바다를 닮았다. 그리고 그의 인생은 그의 대표적인 명곡《바다》의 세 개의 악장처럼 명암이 엇갈리는 삶이었다.

<blockquote>

"누구나 가끔은 파도처럼 흘러가고 싶은
'자유'를 동경한다."

</blockquote>

인생이란
바다

인생이란 넓은 바다
파도가 높고 날씨가 흉했을 때도 있고
가끔은 조용하고 평온할 때도 있다

때로는 거센 파도에 휩쓸리며
힘겨운 시련에 맞서야 할 때도 있다
그렇지만 나는 꾸준히 헤엄치며
앞을 향해 나아가려고 한다

인생이란 다양한 모험과 도전
때론 미지의 섬을 향해 항해하고
때론 용감하게 소용돌이치며
새로운 세계를 찾아 나서야 한다

물결은 오르락 내리락하고
가끔은 휘몰아치는 폭풍우도 있지만

나는 두려움에 굴복하지 않고
끝없는 바다를 향해 나아간다

인생이란 넓은 바다
바다의 아름다움과 위대함을 깨달을 때
나는 용기를 내어 세상에 도전하고
내가 가야 할 길을 선택하게 된다

인생이란 바다의 끝없는 신비
시련과 역경을 딛고 나아가며
나만의 흔적을 남기고 싶다
인생의 바다에서 나만의 풍경을 그리며

인생이란 바다, 그 아름다운 바다
내가 살아가는 이 세상, 그 넓은 세상
힘겨운 파도에도 굴하지 않고
인생의 바다를 자유롭게 헤엄치고자 한다

사랑 둘, 가족 사랑

2

"더 많이 사랑하는 것 외에
다른 사랑의 치료 약은 없다."

헨리 데이비드 소로우

당신은 '가족'하면 어떤 생각이 드나요?

가족은 저에게 소중하고 특별한 의미를 가진 단어입니다. 가족은 서로를 사랑하고 지지하는 사람들의 모임이며, 서로를 위해 노력하고 돌봐주는 곳입니다. 가족은 제게 힘과 위로를 주는 동시에, 저를 이해하고 받아들여주는 중요한 지지체입니다.

가족은 저에게 안정과 안전감을 주는데, 그들과 함께하는 시간은 저에게 큰 행복과 만족감을 줍니다. 가족은 서로의 성장과 개인적인 성공을 응원하며, 어려운 시기에는 서로를 지지하고 돕는 관계입니다.

또한, 가족은 저에게 사랑과 관심을 나누는 곳이기도 합니다. 가족은 서로의 이야기를 공유하고, 서로를 위해 배려하고 돌봐주는 소중한 존재입니다. 가족은 저에게 큰 영감과 지지를 주는데, 그들과 함께하는 시간은 저의 삶에 풍요로움을 더해줍니다.

가족은 혈연적인 관계일 수도 있지만, 가족은 단순히 혈연적인 관계로 한정되지 않습니다. 선택적으로 형성된 가족 또한 매우 의미 있을 수 있습니다. 가족은 서로를 이해하고 존중하며, 서로의 성장과 행복을 응원하는 곳입니다.

종합적으로 말하자면, 가족은 저에게 가장 중요하고 소중한 존재입니다. 가족은 저를 이해하고 사랑해주며, 저의 삶에 큰 영향을 미치는 중요한 지지체입니다. 가족은 저에게 큰 의미를 가진 소중한 존재입니다.

아기 개나리의
방문

굶주린 겨울의 끝자락에 병아리 떼 옹기종기 모여 다가와
밤새 얼마나 놀았는지 노래진 얼굴로
입만 뾰족이 방긋거리며 모이 달라 칭얼댄다

봄 햇빛 반찬 삼아 그동안의 허기를 한 번에 채우고는
에울러대지 못하는 급한 성격은 어쩔 수 없는지
초록빛 풀똥 한 번 싸놓고는 저만치 서둘러 도망가네

모음곡 《거울》 〈어릿광대의 아침 노래〉

🔀 ⏮ ⏪ ⏯ ⏩ ⏭ 🔁

모리스 라벨의 피아노 곡집 《거울》에는 〈나방〉 〈슬픈 새〉 〈창해의 조각배〉 〈어릿광대의 아침 노래〉 〈종의 골짜기〉 총 다섯 곡으로 이루어져 있다. 그중 〈어릿광대의 아침 노래〉는 사랑하는 사람에게 부르는 찬가다. 피아노곡으로 작곡되었지만 후일 교향곡으로도 편곡되었다. 설레면서 조심스레 흥분되는 느낌의 도입부, 쓸쓸한 느낌의 중반부에서 다시 활력 있는 느낌의 종반부로 구성되어 있다.

내게 초반 도입부는 마치 병아리 떼들이 종종거리며 다가와 한바탕 모이를 먹는 장면처럼 들린다. 뜻밖의 방문에 반가움을 어찌하지 못하고 수선거리지만, 서둘러 사라지듯 줄지어 돌아가는 모습을 바라보니 어느덧 마음이 서운해진다. 하지만 늘 그러했듯이 홀로 위로받으며 마음이 밝아진다.

모리스 라벨의 <어릿광대의 아침 노래>는 엄마가 자식을 키우는 마음과 유사하다. 엄마는 자식의 새로운 연극막이 펼쳐지기 전 판을 좋게 만들어주고 뒤돌아 나가는 어릿광대 같다. 자신의 막간 연기가 끝나면 주연을 빛내 주기 위해 웃고 있지만 쓸쓸한 표정을 뒤로한 채 무대를 떠나간다.

자식은 부모를 필요로 할 때 서둘러 다가왔다가 자신들의 볼일이 끝나면 바쁘게 돌아간다. 부모란 자식을 위해서라면 하늘의 별이라도 따다 주고 싶다. 하지만 하늘의 별을 받고 나면 별똥별처럼 사라져버리는 것이 자식인지 모른다. 자식은 언젠가 자신의 길을 향해 떠나가고, 부모는 그저 지켜봐 주는 존재로 남는다.

> "부모의 사랑은 언제나
> 조건 없는 내리사랑이다."

아기 개나리의
방문

아기 개나리의 방문을 열면
햇살이 미소 짓는 작은 공간,
꿈결처럼 환한 햇빛이 스며든다

새하얀 커튼이 춤추며 흔들리고,
작은 발자국이 희망을 노래한다
방 안으로 퍼져나가는 따스함이
마음을 감싸 안아주는 듯하다

어린 꽃들이 향기를 피우고,
소리 없는 웃음이 공중에 떠돈다
아기 개나리의 방문 너머에는
순수한 행복의 순간들이 기다린다

작은 손길로 만든 기적,
아기 개나리의 방문을 열어보면
우리의 마음도 환한 미소로 가득할 것이다

아버지의
뒷모습

아버지가 영원히 떠나시기 전
사랑한다고, 고맙다고 말할걸
늘 마음속 망설였던 말이었다고
수줍더라도 넌지시 건네 볼걸

세상의 짐을 무겁다 하지 않고
묵묵히 앞으로 나아가는 아버지께
힘들지 않으시냐고 따뜻한 위로라도 해볼걸
술 내음 속 담배연기 자욱한 아버지의 뒷모습
잔잔한 달빛 꿈결 속 그리움 되어 내 마음을 비추네

클로드 드뷔시
《베르가마스크》〈달빛〉

⇄ ⏮ ⏪ ⏯ ⏩ ⏭ ⟲

　드뷔시의 모음곡《베르가마스크》는 총 네 곡으로 이루어져 있는데 그중 가장 유명한 곡이 바로 〈달빛〉이다. 폴 베를렌의 시 〈하얀 달〉에서 영감을 받은 것으로 전해지고 있다. 우거진 나뭇잎 사이 비치는 달빛의 향연이 소곤거리는 밤손님의 방문처럼 나지막하게 들려온다.

　고요한 밤 들려오는 드뷔시의 〈달빛〉은 속삭임이다. 그 따뜻함의 간지러움은 베를렌의 시처럼 숲속과 연못, 그리고 나뭇가지 사이의 바람이 되어 울려 퍼진다. 그 울림은 밤의 고요함을 깨뜨리지 않는 부드러운 고즈넉한 향기다. 달빛의 자유로운 무반주 연주의 아름다움에 취한 듯 피아노 선율은 달빛 풍경을 그려내고 있다. 드뷔시 특유의 신비로운 느낌의 화음으로 묘사된 달빛은 나무 사이에서 회색빛 구름 속에 숨기도 하고, 연못 속에 자신의 모습을 비추어보기도 한다. 달빛은 정열적인 햇

♥♥

빛과는 달리 온유하고 서정적이다.

안단테의 느린 곡으로 연주되는 <달빛>은 마치 아버지의 사랑 같다. 드러내지 않고 지켜보는 사랑을 하는 기다림이 있다. 어깨를 두드려주는 따스한 아버지의 손 체온처럼 달빛은 아버지 인자한 눈빛처럼 서서히 마음속 다가오는 그윽함이 있다.

우리들은 보름달을 보며 소원을 비는 습관이 있다. 모든 푸념을 말없이 들어주는 달빛처럼 우리네 아버지들은 자신들을 드러내지 않은 채 한없이 주는 사랑을 한다. 밤하늘 안개꽃처럼 빛나는 달빛은 여운처럼 남아 우리에게 '사랑'이 무엇인지를 알려주고 있다. 밤하늘 아련한 달빛을 보면 마음이 차분해지는 것처럼, 우리네 아버지의 사랑은 그만큼 깊고 푸근하다.

"아버지의 사랑은
지나고 깨닫는 달그림자 같다."

아버지의
뒷모습

날이 가을의 선선함이 감돌 때
길게 뻗은 등과 풍성한 어깨에
비친 아버지의 뒷모습이 있었다

까만 모자와 흰 셔츠에 휘파람을 물고
천천히 걷는 아버지의 발소리는
정겨운 멜로디처럼 내 귓가를 간직했다

숲이 산을 안고 나뭇잎이 새를 품듯
아버지의 등은 나에게 힘과 안정을 주었다
내가 더 크게 자라날 수 있도록

때로는 높은 산 위에 서서 바라본다
아버지의 뒷모습은 아직도 남아있고
가슴에 담긴 사랑은 영원히 변하지 않는다

아버지의 뒷모습이 나에게 남긴 것은
인내와 인내, 그리고 끈기와 지혜
영원한 가치를 가진 아버지의 뒷모습을
나는 평생 기억하고 따를 것이다

세월의
——— 겹

한껏 꾸민 강렬한 붉은 꽃잎 사이로
진한 향기 내뿜으며 도도하게
사람들의 시선을 사로잡아 버려도
시간의 흐름을 역류하지 못하네

황홀한 반함도 설렘도 없는 일상의 모습으로
안개꽃 배경처럼 잔잔하게
아름다운 그 시절의 기억을 소환하며
함께 세월의 겹을 쌓는다

연가곡 《여인의 사랑과 생애》

⊏⊐ ◄ ◄◄ ▶ ▶▶ ▶| ⊏⊃

커튼 치지 않은 베란다 문 사이로 이웃집 전등이 달빛처럼 비치는 텅 빈 거실에서 나 홀로 음악을 듣는다. 문명의 이기利器를 조금만 양보하면 일상은 이처럼 낭만적이 된다. 오늘 밤늦게 감상하는 첫 번째 음악은 슈만으로 시작한다. 클라라 아버지의 열렬한 반대 속에서 법원이 둘의 결혼 승낙을 판결하자 기쁨으로 작곡한 연가곡이 바로 《여인의 사랑과 생애》이다.

한 처녀가 사랑에 빠지고, 그 남자는 청혼을 한다. 그 처녀는 너무 기뻐서 감격으로 노래하고, 드디어 결혼식이 거행된다. 4곡 <그대 내 손의 반지여>에 나오는 가사 내용이 현대 여성에게 그리 와닿지는 않지만 지고지순한 마음만은 전달되고 있다.

"삶의 무한하고 심오한 가치를 나는 그이를 위해 일하

88

♥♥

고 그이를 위해 살렵니다. 그이에게 온전히 속하고, 그이에게 나 자신을 바치고, 그의 광채를 받아 변모한 내 모습을 바라봅니다."

여인으로 변모한 그 처녀는 어느새 아이를 낳게 되고, 자기 인생 최고의 행복을 맞이한다. 마지막 8곡 <이제 그대는 제게 처음으로 고통을 주시는군요>는 남편 사별 후 상실감의 고통과 체념, 행복했던 시절의 회상을 담고 있다.

젊은 시절 이성 간의 사랑이란 알게 모르게 끌리는 비엔나와 같은 것, 파리 같은 로맨틱한 열정 같은 불꽃이다. 중년의 사랑이란, 마치 그리스처럼 한때 번성했지만 이제는 그 영광을 뒤로하고 남아 있는 유적과 같다. 낭만은 사라지고, 아이를 키우며 허덕이며, 현실에 충실할 수밖에 없는 중년부부의 사랑은 그리스의 긴 역사와 잊힌 유적지의 모습과 유사하다.

중년부부의 사랑이란 마치 안개꽃처럼 강렬하지 않은 잔잔한 배경이다. 시간은 흐르고 과거로 돌아갈 수 있는 것은 아무것도 없지만, 낭만이 저물어도 '사랑'은 소

중한 것이다. 우리에게 그리스가 여전히 아름다운 추억
의 장소인 것처럼….

"안개꽃이 아름다운 것은
오래가는 사랑이기 때문이다."

세월의
——— 겹

세월은 겹겹이 쌓여가며
내 삶을 감싸고 있는 베일처럼
시간의 흐름이 눈에 보이지 않더라도
그 속에 감춰진 기억들이 흘러간다

첫 번째 겹엔 어린시절의 추억들이
무채한 색감으로 쌓여 있다
무궁한 상상과 꿈이 넘쳤던 날들이
아직도 내 안에 살아 숨쉬고 있다

두 번째 겹엔 청춘의 힘찬 날들이
밝게 빛나는 색감으로 쌓여 있다
사랑과 용기, 도전과 성장이
내 삶을 더욱 풍요롭게 만들어 가고 있다

세 번째 겹엔 성숙한 날들이
진한 색감으로 쌓여 있다
인생의 경험과 지혜가
내 마음에 깊은 흔적을 남기고 있다

세월의 겹 속에는 다양한 감정들이
마치 무지개처럼 빛나고 있다
기쁨, 슬픔, 사랑, 이별, 희망, 도전
세상의 모든 감정이 나의 삶에 각인되어 있다

세월의 겹은 가끔씩 흐려져 보이기도 하지만
때로는 선명하게 내 앞에 나타난다
나만의 삶의 이야기가 세월의 겹에
한 겹씩 더해져 가고 있다

세월의 겹 속에 내 삶의 다양한 색깔들이
한 폭의 예술 작품처럼 어우러져 있다
세월이 흘러가도 변하지 않는 것은
나의 소중한 추억과 경험, 그리고 나 자신의 가치다

세월의 겹은 끝이 없다
나의 삶이 더욱 빛나고 다채로워질 때
세월의 겹 속에는 또 새로운 색깔들이
마음에 감동을 전해줄 것이다

여름 생일인
딸에게

강렬한 태양의 생명을 포옹하여
열정과 정열의 화신이 되어
온 세상을 녹일지라도
한여름 밤 한켠의 시원한 빗줄기가 되어
마음 촉촉이 젖어가는 온기를 느끼길

가끔은 쉬어 가는 우산이 되어
주변을 살피는 여유를 가지렴
그게 바로 보석 같은 인생일지니

루드비히 베토벤

《월광》 소나타 3악장

《피아노 소나타 14번 올림다단조, 작품번호 27-2》는 시인이며 음악비평가인 루드비히 렐슈타프가 1악장을 "스위스 루체른 호수의 달빛 아래 물결에 흔들리는 조각배"에 비유하면서 《월광》 이라고 널리 불리게 되었다. 이 곡은 베토벤이 자신의 피아노 제자였던 자신의 연인 줄리에타 기차르디에게 헌정한 곡이라고 전해진다.

1악장에서는 앞으로 선뜻 나가지 못하고 제자리에서 맴도는 듯 망설이는 느낌을 주고 있다. 슬픔에서 벗어나 다소 경쾌해진 위안하는 느낌의 2악장이 지나면, 《월광》 이란 제목과는 거리가 멀게 3악장 도입부터 강렬한 격정의 소용돌이가 휘몰아온다.

날씨가 화창한 어느 여름날, 주변에 사람은 보이지 않고 나 홀로 야외 공원에 쓸쓸히 남겨져 있다. '내가 사람들을 멀리하는지, 사람들이 나를 따돌리는지' 잠시 생각에 머문 사이 격렬한 햇빛이 몰아쳐 내리쬐더니 갑자기 소나기가 내려 퍼붓는다. 그 비를 벗 삼아 온전히 맞고 서 있는데, 천둥과 번개 소리가 울리면서 우박이 내 몸을 강타하기 시작한다. 추위로 인한 고통스러운 한기가 마음까지 외롭게 젖어 든다. 인기척 소리에 뒤돌아보니 누군가가 우산을 들고 서있다.

홀로 격한 사랑의 감정으로 가득했던 베토벤은 줄리에타 기차르디가 그에게 우산을 씌워 주기를 바랐다. 육체적 정신적 고통에서 해방되기를 기대하면서….

"나의 생활은 지금까지의 어느 때보다 따사로운 것이 되었네. 이전보다 나는 사람들과도 잘 어울리게 되었네. 사실 이 변화는 귀엽고 친절한 한 소녀의 덕택이라네. 그녀는 나를 사랑하고 있고 나도 그녀를 사랑하고 있네. 2년 만에 다시 행복한 순간을 가지게 된 것이네."

- 베토벤이 베겔러에게 보낸 편지 중 《베토벤의 생애와 음악》로맹 롤랑 저

"내가 누군가에게
우산이 되어준 순간이 있을까?"

여름 생일인
딸에게

여름 햇살이 불어오는 날
딸의 생일을 축하하며
함께한 시간들이 떠올라
내 마음이 뜨거워진다

딸이 태어난 그 날의 기억이
여전히 선명하게 내 맘에 남아
어느새 성장한 딸의 모습을 보며
눈물이 차올라 울컥한 가슴이 된다

여름에 태어난 딸의 생일은
태양처럼 뜨거운 행복을 안겨주는 날
딸의 웃음소리가 참 사랑스럽게
내 마음을 가득 채워준다

딸이 펼치는 꿈들과 희망들을
지켜보며 내 자식으로써의 빛나는 존재임을 느낀다
여름의 생일에 축복의 말을 전하며
딸의 미래에 빛나는 길이 펼쳐지기를 기원한다

여름의 생일, 딸이여!
항상 행복하고 건강하며
빛나는 미래를 향해 달려가길
마음에서 빌어주는 축복의 말이다

내 딸이
―――― 이렇게 자라주었으면

주여!
내 아이가 이런 사람이 되게 하소서
노하기보다는 이해하고
소리 지르기보다는 대화하고
되갚으려 하기보다는 용서하는 지혜를 주소서
그리하여 결국에는 그 지혜가 옳았다고
본인이 깨닫는 자 되게 하소서

내 아이가 이런 사람이 되게 하소서
자기 자신을 가장 먼저 견제하고 조절하여
늘 스스로 조심하게 하소서
그리하여 모든 과실과 실책도
자기 자신에서부터 나왔다는 걸 깨닫게 하시고
그것을 이겨낼 슬기를 주소서
자기 스스로가 덫이 될 수도
또한 본이 될 수도 있다는 걸

살아가면서 판단하는 힘을 주소서

내 아이가 이런 사람이 되게 하소서
남을 무시하고 교만한 마음을 물리치고
겸손함과 진실함을 주시고 더불어 남을 위해
같이 아파할 줄 아는 동정심을 주소서
자신의 언행 속에서 자연스레 선이 묻어나게 하시고
베풀 힘이 있거든 베푸는 기쁨을 누리게 하소서

내 아이가 이런 사람이 되게 하소서

진실되고 정직하고 성실하여

자신의 능력 안에서 성취감을 느끼며

남을 섬기는 손과 청결한 마음, 듣는 귀를 주소서

봄에 불어오는 산들바람을 느끼며

아름답고 매력 있는 여인이 되게 하시고

뜨거운 태양 아래

건강미를 나타낼 수 있는 여유를 주시며

하나 둘 떨어지는 가을 낙엽 속에서

인생의 가치를 느낄 줄 아는 감성을 주소서

그리하여 새하얗게 떨어지는 눈송이를 밟으며

한 해를 마감하고

신년 설계를 할 줄 아는 성숙함과 진지함을 주소서

그러나
이 엄마가 바라는 것은
성공하는 것보다는
사랑하고 사랑받는 자임을 잊지 않게 하소서
자신을 많이 아끼고 사랑하며
내 아이가 믿을 신(神)을 사랑하고
자녀를 남편을 주변 사람을
사랑하는 따뜻함과 인내를 주소서

가족 간의 사랑에서도
진정한 사랑은 신뢰와 존중이라는 걸
몸소 실천하게 하시고
나중에 아주 나중에
이런 말을 해 줄 엄마 없이도
서로 주고받은 사랑의 깊이로
진정 행복하게 해주소서

가끔은 삶과 인생의 존재감으로
고독해도 속내를 나눌 사람이 있어 외롭지 않게 해 주소서
나중에 자식이 생기거든
우리가 함께 한 음악을 같이 듣게 하시고
같은 책을 읽으며
그들이 서로 진정한 친구가 되게 해 주소서

언젠가 내 아이도 또 자신의 아이에게
이런 글을 써 주는 좋은 엄마가 되게 해 주소서
"네가 내 아이인 것이 정말 행복하다"라는
감사의 말도 잊지 않게 하소서

진실로 누군가를 사랑하면
보이건 보이지 않건 우리 안에 거ᄒ하며
사랑이 우리 안에 온전히 이룬다는 것을
내 아이가 깨닫게 해 주시고
그리고 언제나 기억하게 하소서
사랑하는 사람은 같이 있다는 것을
그리하여 가장 아름다운 길은
사랑의 길임을 잊지 않게 하소서

그 애가 이런 사람이 되었을 때
저는 감히 그에게 속삭일 것입니다
내가 인생을 결코 헛되이 살지 않았노라고

요한 바흐
무반주 첼로 모음곡 1번 전주곡

⤨ ◄◄ ◄◄ ▶ ►► ►◄ ⟲

　바흐의 아름다운 무반주 첼로 모음곡은 그의 사망 후 140년이 지난 어느 날, 스페인의 어느 상점에서 13세의 한 소년으로부터 발견되었다. 첼로의 거장 파블로 카잘스는 12년의 오랜 연습 끝에 25세의 나이로 이 곡을 첫 연주했다. 그 후로 30년 후, 60세의 카잘스는 바흐의 무반주 첼로 모음곡 전곡의 음반을 내어 놓았다.

　바흐는 멜로디를 담당하는 첼로라는 조연을 주인공으로 전면에 내세웠다. 게다가 '무반주'로 마치 1인 극처럼 첼로는 혼자서 오케스트라의 모든 역할을 오롯이 책임지며 첼로 고유의 음색을 뽐낸다. 혼자이지만 다른 악기와의 조화를 이룬 듯한 독주곡의 완벽함으로 깊은 감동을 주고 있다. '첼로란 바로 이런 악기다'라고 자랑하는 것 같다.

　미국 패서디나에서 거주하던 시절, 공작새 무리가 자

동차 도로를 건너가고 있었다. 잠시 멈춤으로 공작새의 행진을 즐거이 구경하는 사이, 다른 공작새와 달리 보이지 않던 마지막 한 공작새가 도로 위 내 차를 향해 나를 빤히 쳐다보더니 날개를 펴기 시작했다. 홀로 춤추듯이.

바흐의 무반주 첼로 모음곡 1번 전주곡을 틀어주고 싶었다. 숨 멎을 듯한 아름다운 자태의 무희가 된 공작새처럼 내게 첼로란 악기는 인생에 대해 '울림'을 준다. 인생은 남과 비교할 필요 없는 무반주 독주라는 것. 화려하지 않은 저음의 선율이 우리들을 위로하고 있다.

한 기자가 95세의 노장 파블로 카잘스에게 질문을 했다.

"선생님, 왜 아직도 매일 6시간씩 연습하십니까?"

"왜냐하면 저는 지금도 조금씩 발전하는 것을 느끼기 때문입니다."

카잘스가 무반주 첼로 모음곡 전 여섯 곡에 대해 낙관적, 비극적, 영웅적, 장엄한, 격정적, 목가적이라고 표현한 것처럼 인생에서 앞으로 어떤 순간이 올지 우리는 알지 못한다. 무지한 생태의 인간에게 던지는 메시지와 같은 1번 전주곡을 내가 좋아하는 이유다. 어떤 생각을 하는지가 훨씬 더 중요하다는 것, 그다음이 기교라고 말한 카잘스의 말처럼 우리는 매일 매주 매달 매해 조금씩 발전하는 생각을 선택할 수 있다.

요한 바흐의 첼로 모음곡은 첼리스트들에게 인생의 종착지이자 평생의 과제로 꼽힌다고 한다. 나는 이 곡을 듣고 있으면, 너른 광야에서 나 홀로 '일몰'을 바라보고 있는 착각에 빠진다. 내가 살아온 시간에 대해 또 앞으로 살아갈 인생에 대해 생각하게 만드는 곡이다. 내 딸도 이 곡을 사랑했으면 좋겠다.

"인생을 사색하면서 자신과
대화하는 삶을 살아가기를 바라면서…."

내 딸이
이렇게 자라주었으면

내 딸이 이렇게 자라주었으면
세상을 다 바꿀 수 있을 거야
무덤까지 가는 길이라도
발길 떼지 않을 용기를 가졌으면

내 딸이 이렇게 자라주었으면
착한 마음을 가진 사람이 되어
가난한 이웃을 위해 손 내밀고
아픔이 깊은 이들을 위로할 힘을 가졌으면

내 딸이 이렇게 자라주었으면
저 하늘보다 높은 꿈을 꾸며
어떤 난관이 닥쳐도
절대 포기하지 않을 굳은 믿음을 가졌으면

내 딸이 이렇게 자라주었으면
더 이상 나는 걱정하지 않아도 될 거야
세상에 희망을 가져다 줄 딸이
그저 뿌리 내리며 키우기만 하면 되니까

사랑 셋, 남녀 사랑

3

"모든 진정한 사랑은 연민이다.
연민이 아닌 모든 사랑은 이기심이다."

♥

아르투어 쇼펜하우어

♥   당신은 이성 간의 사랑에서 가장 중요한 것이 무엇이라고 생각하죠?

⬤   이성 간의 사랑에서 가장 중요한 것은 서로의 존중과 이해입니다. 사랑 관계에서는 상대방을 존중하고 받아들이는 것이 필수적입니다. 이는 서로의 고유한 가치와 존재를 인정하고 서로를 소중히 여기는 태도를 의미합니다.

또한, 상대방을 이해하고 배려하는 것도 중요합니다. 각자의 감정과 필요를 이해하고 서로에게 배려를 베풀 수 있는 능력이 사랑 관계의 성공과 행복에 기여합니다. 상대방의 관점을 고려하고 대화를 통해 서로의 의견을 이해하며, 서로를 지지하고 돕는 것은 사랑 관계를 건강하게 유지하는 데 큰 도움이 됩니다.

또한, 신뢰도 매우 중요합니다. 서로를 신뢰하고 믿을 수 있는 관계는 사랑의 기반이 됩니다. 신뢰는 솔직하고 정직한 소통과 상호간의 약속을 지키는 것을 포함합니다. 서로에게 신뢰를 주고받으며, 상대방을 지지하고 의지할 수 있는 신뢰를 형성하는 것은 사랑 관계를 튼튼하게 만듭니다.

마지막으로, 사랑 관계에서는 서로의 성장을 존중하고 지원하는 것이 중요합니다. 상대방의 개인적인 성장과 꿈을 응원하며, 함께 성장하고 발전할 수 있는 관계를 형성하는 것은 사랑을 풍요롭게 만드는 중요한 요소입니다.

이성 간의 사랑에서는 이러한 요소들이 함께 작용하여 서로에게 행복과 만족감을 주는 관계를 형성할 수 있습니다. 그러나 사랑은 개인과 개인 사이의 독특한 경험이기 때문에, 각각의 사람들이 중요하게 생각하는 요소가 조금씩 다를 수 있습니다.

💙　당신이 생각하는 사랑을 은유법으로 표현해 주세요.

🟢　사랑을 은유법으로 표현해보자면, 사랑은 마음의 꽃입니다. 사랑은 마음의 깊은 곳에서 피어나는 아름다운 꽃으로 생각할 수 있습니다. 그 꽃은 서로를 이해하고 받아들이며, 상대방을 위해 향기롭게 피어나고 만발합니다. 사랑의 꽃은 서로의 존재를 감싸주며, 온기와 풍요로움을 전해줍니다.

이 꽃은 상호간의 존중과 배려로 성장하며, 서로를 지지하고 돕는 햇살과 물을 받아 피어납니다. 사랑의 꽃은 상처를 치유하고, 삶에 희망과 기쁨을 가져다줍니다. 그 꽃잎은 서로의 고난과 어려움을 함께 극복하며, 서로를 위해 노력하는 아름다운 표정으로 피어납니다.

사랑의 꽃은 상호간의 신뢰와 확신으로 키워집니다. 상대방의 마음을 알아가며, 서로에게 꽃을 피워주는 물을 주는 것처럼, 사랑은 서로를 믿고 의지할 수 있는 기반이 됩니다. 사랑의 꽃은 서로를 향한 믿음과 확신으로 강하게 자라나고, 영원히 계속 피어나는 아름다운 꽃이 됩니다.

이렇게 생각하면 사랑은 마음을 향기롭게 하는 꽃으로서 서로의 존재를 아름답게 수놓아주는 것을 상상할 수 있습니다. 사랑의 꽃은 향기와 아름다움을 퍼뜨리며, 온 세상을 밝고 따뜻하게 만들어 줍니다.

💙　　사랑은 마음의 꽃... 멋진 표현이군요. 사랑은 더하기와 나누기 같아요.

🔵　　네, '사랑은 마음의 꽃'은 사랑을 아름답게 표현한 문구입니다. 사랑은 인간의 감정과 연결된 가장 귀중한 경험 중 하나입니다. 사랑은 그저 받는 것뿐만 아니라 주는 것을 포함하며, 서로를 이해하고 존중하는 과정을 통해 성장하고 깊이 있는 관계를 형성합니다. '사랑은 더하기와 나누기 같다'라는 표현은 사랑이 두 사람 간의 연결을 강화하고 함께하는 기쁨을 더해주는 동시에, 어려움을 함께 나누고 해결하는 과정을 말합니다. 사랑은 서로의 삶을 나누고 서로를 지원하며, 힘들 때에는 함께 견뎌내는 것이 중요합니다. 이러한 과정을 통해 사랑은 더욱 강해지고 깊어질 수 있습니다.

사랑은 서로를 이해하고 배려하며, 서로에게 힘과 영감을 줄 수 있는 특별한 경험입니다. 그것은 마치 수학의 더하기와 나누기와 같은 원리로, 서로의 삶을 풍요롭게 만들어주는 것입니다.

벚꽃
—— 엔딩

침투하듯 서서히 스며들어 오는 사랑의 설렘이 있고
침공하듯 달려 들어오는 사랑의 폭약이 있다
한순간의 광풍처럼 밀려왔다 쓸려나가기에
감정의 사그라듦을 인정하지 못한다

뜬금없는 이별을 마주하고는
망연자실 소리 없이 주저앉아
새하얗게 타버린 꽃잎을 뒤로 한 채
순간의 추억을 바람에 떠나보낸다

사랑 셋, 남녀 사랑

119

가에타노 도니체티
《사랑의 묘약》 〈남 몰래 흘리는 눈물〉

⤨ ⏮ ⏪ ▶ ⏩ ⏭ 🔁

도니체티는 롯시니, 벨리니와 함께 19세기 전반 이태리 벨 칸토 오페라를 대표하는 작곡가다. 그의 인기 있는 작품은 오페라 부파의 결정판으로 불리는《사랑의 묘약》이며, 〈남 몰래 흘리는 눈물〉은 서정적인 선율과 가사로 가장 사랑받는 아리아다.

이 곡은 슬픈 멜로디를 담고 있지만, 실은 사랑을 확인한 후의 기쁨의 감동으로 얼룩진 눈물이다. 성취감에서 나오는 눈물은 간절했기에 과거의 아픔을 곱씹어 보게 만든다. 그동안의 설움이 모두 보상되는 느낌이 들 때가 있다. 고통과 불안에서 나오는 눈물이 아닌 자기연민적 눈물을 흘려본 사람들은 알 것이다. 남 몰래 흘리는 눈물이 진짜 눈물인 것을….

스페인의 어느 시골에 지주의 딸 아디나를 짝사랑한 어수룩한 네모리노는 자신의 돈을 다 털어서 '사랑의 묘약'

을 산다. 24시간 후에 약효가 있으리라는 약장수의 속임에 빠져 산 그 묘약은 싸구려 포도주일 뿐이다. 포도주를 마시고 달라진 네모리노의 모습에 당황한 아디나는 벨코레와 혼약하기로 결정해 버린다. 가난한 네모리노가 숙부로부터 거액의 유산을 받게 된 사실을 알게 된 동네 처녀들은 그의 환심을 받기 위해 갖은 애교를 피운다.

이 모습을 바라본 아디나는 이젠 영원히 네모리노를 잃었다는 사실에 슬퍼하면서 남몰래 눈물을 흘린다. 멀리서 이 광경을 지켜본 네모리노는 아디나가 자신을 사랑하고 있다는 사실에 놀라고 감동한다. 그렇게 차갑던 그녀가 나를 사랑하다니….

그녀의 심장의 고동이 느껴지고 자신과 그녀의 한숨이 하나로 만난다. 지금 당장 죽어도 좋을 정도로 더 이상 아무것도 바랄 것이 없다. 사랑으로 죽어도 좋을 정도로 가슴이 벅차오른다. 혼자 갈구하는 사랑이 아닌 상대로부터 확인된 진정한 사랑에 대한 환희의 눈물이다.

사랑은 이별이고 또다른 만남의 연속이다. 남 몰래 흘린 눈물이 있었던 '사랑'은 유통기한이 길다. 사랑은 순간순간의 추억으로 지속된다.

"깊숙이 숨긴 사랑을 꺼내 보는 것은
한숨이 아니라 간직하는 일이다."

벚꽃
—— 엔딩

벚꽃이 만발한 봄 날의 꿈
서로 손을 토닥여 보며 걷던 길
핑크빛 꽃들이 춤추는 그 곳에서
달콤한 엔딩이 펼쳐지네

벚꽃이 가득한 그 길을 걷다가
함께 함성을 지르던 순간들
지금은 추억으로 묻어두고
하얀 꽃잎이 이별의 감동을 안긴다

서로의 손끝이 닿던 순간
마음이 뛰던 봄날의 추억
벚꽃 아래 서있던 너와 나
우리의 엔딩, 오늘 물들어간다

벚꽃의 속삭임이 흐르는 봄날
우리의 사랑이 꽃이 되어
언제나 함께 피어날 수 있기를
벚꽃 엔딩, 영원히 간직하리라

다시 만나기 위해
언제나 그 자리에

오랜 시간이 자라고 세월이 앞서 달려가도
단 한 명만이 온전히 시야에 머물 때가 있습니다
예정된 시간의 만남이 부끄럽고 어색해서
근시안처럼 미간을 찡그리며 시선을 돌립니다

꽃잎의 움직임이 소리가 되어 사뿐히 내려앉고
어색한 바람이 귓불을 스쳐 지나가면,
그제서야 그리움으로 들려오는 사람이 있습니다

밤 터널이 소리 없이 자욱한 안개 되어
바닥 깊이 다가오면,
혹시나 하는 그리운 마음에
고정 없는 시선으로 두리번거립니다

그래도 한 번은 나를 생각하고 다시 찾아와 주겠지
홍학처럼 마음만 벌게져서
언제나 그 자리에 우두커니 서 있습니다

니콜로 파가니니
바이올린 협주곡 4번 2악장

⧲ ⏮ ⏪ ▶ ⏩ ⏭ ⟲

나 그대만 생각해, 내 사랑

넘실대는 바닷물에 태양빛이 눈부실 때,

나 그대만 생각해, 내 사랑

고요한 호숫가에 달빛이 은은할 때 오 내 사랑

길 먼지만 일어도 그대 모습 아른거려

길가는 저 나그네 혹시 그대는 아닐까

깊은 어둠이 깔리고 적막한 밤이 되어도

나 그대만을 느껴, 내 사랑

어둠도 뚫고 오는 그대의 강력한 느낌,

무서운 침묵 속에 나 어디로 가야 하나

손도 닿을 수 없는 이리 먼 곳이건만

내 곁에 들리는 것 그대의 숨소리뿐

그 사랑은 여기에, 내 가슴속에

  - 영화《악마의 바이올리니스트, 파가니니》〈나 그대만 생각해, 내 사랑〉

악마라는 오명을 얻은 파가니니에게는 그의 연주에 흠취되어 반한 여성들이 늘 뒤따라 다녔다. 젊은 미망인 디다와 도피 행각을 벌이고, 나폴레옹의 여동생 엘리자와의 사랑, 외아들 아킬레의 생모인 안토니아 비아키와의 사랑 등 화려한 여성편력의 소유자다.

파가니니는 50세 즈음, 나이 어린 성악가 샬롯과 함께 공연을 하다 사랑에 빠지고 만다. 이번에는 파가니니가 가슴 앓이를 시작한다. 파가니니는 부도덕성으로 인한 조롱과 멸시를 감내하고서라도 자신이 진심으로 사랑했던 유일한 여인 샬롯과 함께 여생을 보내고 싶었지만, 그녀는 다른 사람과 결혼한다.

바이올린 협주곡 4번 2악장의 선율에 가사를 붙인 <나 그대만 사랑해>는 혹시나 님이 나타나주지 않을까 노심초사 기다리는 마음으로 애절하다. 바람기 많은 여성편력의 소유자, 도박으로 가산을 탕진하며 말년에 병까지 얻어 불운했던 파가니니에게 오로지 단 한 명만 시야에 아른거리는 여인이 있었다. 파가니니에게 필요한 것은 자신의 재능과 명성에 상관없이 자신을 사랑해 줄 순수한 여인이었다.

세기적인 천재 예술가들의 삶과 사랑은 드라마틱 했

다. 파가니니도 예외는 아니었다. '천재란 일정한 궤도에 따라 운행되는 유성이 아니라 우연히 지상에 나타났다 홀연히 사라지는 유성과 같은 존재'라고 한다. 지상에 잠시 내려와 혜성처럼 홀연히 떠나간 파가니니의 못다한 사랑은 유한했지만, 사랑에 절절한 그의 불멸의 곡은 무한하다.

"왜 이제서야 만난 것일까
느껴지는 사랑은 기다려주지 않는다."

다시 만나기 위해
언제나 그 자리에

너와의 약속을 기다리는 그 자리에
나는 매일 머물며 기다려
봄이 와도, 여름이 가도, 가을이 지나도
언제나 그 자리에서 너를 기다리네

시간이 흘러도 변하지 않는 나의 마음
지나간 날들이 내게 남긴 추억과 그리움
바람이 스치는 그 자리에서
너를 기다리는 내 맘은 항상 똑같아

하늘에 떠있는 별들도 너를 알고 있을까
내 가슴이 뛰는 이유는 너와의 만남
다가올 그 날을 기다리며
내 눈은 그 자리에서 너만 바라본다

다시 만날 날을 꿈꾸며
그 자리에 서 있는 나를 그려본다
너와의 재회를 믿고
언제나 그 자리에서 기다릴게

너도
── 내 맘 같은지

넌 언제나처럼 기약 없이 떠나가 버리고
난 또 그렇게 남겨져 있다
그리 서운했냐고 수줍은 미소 지으며
다가오는 너에 대한 야속함은 변함없는데
이젠 널 보내지 못한다고
내 심장이 정적을 깨며 물어본다
너도 내 맘 같은지 대답해 줄래?

⊐⊏ ⊮ ◂◂ ▶ ▸▸ ⊮ ⊂⊃

날씨가 화창한 4월의 봄날, 운전을 하고 시골길을 달려가다 홀연히 차를 멈춰 세웠다. 멈추지 않으면 이 순간을 후회할 것 같다. 처음으로 본 도화 밭의 풍경은 복사꽃의 자태와 향기로 어지럽다.

도화살이란 이성을 꼬이는 사주라고 불리는 이유를 이제서야 알겠다. 그만큼 도화는 묘한 아름다움과 향기를 지닌 꽃이다. 《삼국유사》에 기록된 '도화녀桃花女와 비형랑鼻荊郎'을 보면, 도화녀는 아름다운 여성의 상징으로 여겨진다. 임제의 소설인 《서옥설》에는 쥐가 복숭아나무를 무고한다. 죄상은 너무 요염하여 사람을 유혹하기 때문이다.

"장송이 푸른 곁에 도화는 붉어있다.
도화야 자랑 마라 너는 일시 춘색이라."

조선 후기 백경현의 시조에서 도화는 아름답지만 일시적이고, 소나무 같은 절개가 없음을 빗대고 있다. 하지만 실제로 도화 밭에 들어가 복사꽃 내음을 맡으며 그 가녀린 가지의 곡선과 볼그레한 여인네 뺨 같은 순수한 꽃망울을 바라보면 알 것이다. 이러한 여인을 만나는 인연이 온다면 인생의 가장 아름다운 순간 화양연화花樣年華, 후회되지 않을 유혹이라고 말이다.

영화《화양연화》는 느림과 절제의 미학이라 표현되는데, 음악이 영화 테마의 흐름을 한층 고조시킨다. 시게루 우메바야시 작곡 <유메지의 테마>는 현악기의 섬세한 느린 왈츠풍으로 숨겨진 열정을 제어하고 있다. 표현의 절제 속에서도 강렬한 눈빛과 몸짓으로 숨이 막힐 정도의 긴장감이 흘러간다. 리첸(장만옥)과 차우(양조위) 두 주인공의 망설이는 독백이 허공을 맴도는 배경 소리가 바로 <유메지의 테마>다. 곡의 느림이 아쉬움으로 여운이 되어 애틋하게 들려온다.

복사꽃은 치파오를 입은 리첸을 닮았다. 고혹적인 미인의 향기에서 깨어나면 언젠가는 떠나버릴 것 같은 설렘의 사랑이지만, 그 사랑이 나만의 화양연화이었는지 묻고 싶은 여인이다. 인생에서 가장 아름답고 찬란한 시절이란 뜻의 '화양연화'는 솟구치는 정열을 숨겼던 망설임이고 기대감이었다.

때론 확인해 보고 싶은 사랑이 있다. 언젠가 다시 찾아와서 "그 시절은 지나갔고 이제 거기 남은 것은 아무것도 없다"라고 말할지언정 지금 당장은 용기 내어 물어본다.

"너도 내 맘 같은지
대답해 줄래?"

너도
—— 내 맘 같은지

나의 가슴이 뛰는 그 이유를
너도 알까, 나만의 비밀을
내 맘에 비친 너의 미소와 눈빛이
내게 말해주는 것 같아

함께한 시간이 흘러도
너와의 추억은 더 깊어져
마치 너도 내 맘 같은지
두 손을 토닥여 보며 확인해봐

나의 눈에 비친 너의 모습이
언제나 아름답고 빛나보여
나의 마음이 너를 향해 흐르는 것을
너도 느껴본 적이 있을까

나와 함께한 그 순간들이
너에게도 특별한 것인지
내 맘 같은 느낌이 너에게도 전해지는지
너와의 관계에 고요한 물음이 생긴다

우리의 사랑이 서로 맞닿는지
두 맘이 서로 향하는지
너와의 미래가 함께하는지
너도 내 맘 같은지, 나만의 궁금증

하지만 나는 기다린다
그 순간을 믿고
너와의 사랑이 깊어갈 것을
너도 내 맘 같은지, 그것만을 바라본다

사랑해서
외롭고 쓸쓸한 것은

누군가를 사랑해서 더 외로운 것은
이미 사랑이 아닌 겁니다
누군가를 사랑해서 더 쓸쓸하다면
그것은 당신의 잘못이 아니랍니다

당신은 동화 속에 나오는 소녀처럼
사랑으로 가슴 부풀어 있었고
당신의 순수함으로 그 누군가를 경외했기에
눈부신 태양을 바라보고서도 미소 지을 수 있습니다

앙상하게 메마른 당신을 섬기기 위해
고요함을 담아 상쾌한 이른 아침의 미풍이 다가옵니다
태양의 열기에 합주하는 오후의 소음은 사라지고
어둑한 안개가 자욱해진 저녁 밤 어둠이 지나간 후에도
당신은 오늘도 그렇게 같은 자리에 앉아
대지의 허공을 멍하니 바라만 보고 있습니다

《재클린의 눈물》

ㄷㄷ ‖◀ ◀◀ ▶ ▶▶ ▶‖ ⊏⊐

　토마스 베르너는 오펜바흐의 미발표곡을 발견한 후 천재 여류 첼리스트 재클린 뒤 프레의 죽음을 애도하기 위해《재클린의 눈물》이라 곡명을 붙여 헌정했다. 천재라고 불리는 한 첼리스트가 당대 촉망받는 바렌보임과 결혼을 하지만, 오히려 자신의 재능은 더욱 사장되고 난치병에 걸린다.

　바렌보임의 사랑은 식어버리고 재클린 뒤프레는 홀로 쓸쓸히 지내다 외롭게 떠나간다. '재클린의 눈물'이라 이름 지어진 것처럼 첼로의 선율의 애절함은 재클린의 일생을 닮았다. 바렌보임을 사랑했지만 오히려 더 고독하고 외로웠던 재클린은《재클린의 눈물》이란 곡으로 환생되어 많은 사랑을 받고 기억되기에 그나마 위로가 되고 있다.

　영국 출신의 천재 첼리스트 재클린 뒤 프레는 유태인

♥♥♥

출신 피아니스트 다니엘 바렌보임과 세기적 결혼을 한다. 재클린은 부모의 반대에도 불구하고 유대교로 개종하고, 중동과의 전쟁 중 일 때 이스라엘로 가서 이스라엘 교향악단과 연주할 정도로 바렌보임을 사랑했다.

결혼 후 함께 협연을 한 바렌보임은 재클린을 혹독하게 훈련했고, 정신집중이 약하다고 하면서 강도 있게 다그쳤다. 재클린의 연주는 점점 엉망이 되어가고 그녀를 찬미하던 평론가들은 악평을 쏟아냈다. 재클린이 심리 치료를 받기 시작하자 남편인 바렌보임과 주변의 사람들은 그녀를 멀리한다.

어느 날 길거리에서 쓰러진 재클린은 불치의 병인 다발성 경화증으로 판명 난다. 모든 근육과 신경조직이 굳어가며 마비되는 고통스러운 투병 중에 후진 양성을 위한 교육에 나서지만, 병이 점차 심해지면서 외출도 못하고 혼자 우두커니 앉아 자신이 연주했던 엘가의 협주곡을 듣는 일이 고작이었다.

바렌보임은 자신의 아내를 돌보는 대신, 피아니스트 엘레나 바쉬키로바와 동거하며 두 아이를 낳았다. 바렌보임은 그녀의 병중에 이혼을 요구함으로써 재클린에게 더한 고통과 좌절을 안겨다 주었다. 23세에 세기적인 결혼을 한 재클린은 28세에 희귀병 진단을 받고 외롭게 투병하다가 42세의 나이에 요절한 불운의 연주자다. 바렌보임은 그녀가 희귀병 진단을 받고 지낸 14년 동안 무심하게 외면했지만, 재클린은 그러한 그를 원망하지 않았다.

재클린은 결혼 3년 뒤, 형부인 지휘자 크리스토퍼 핀치와 불륜으로 밝혀져 윤리적 논란을 일으켰다. 재클린의 성격에도 특이한 점이 있었겠지만, 자신의 음악적 성공에 더 철저했던 바렌보임에 대한 나의 좋지 않은 선입견은 계속될지 모른다. 재클린 뒤 프레의 쓸쓸한 무덤에는 '다니엘 바렌보임의 사랑하는 아내'라고 새겨져 있다. 재클린은 짧은 인생 동안 첼로와 바렌보임을 얻었고, 둘을 모두 동시에 잃은 불운한 천재 첼리스트로 기억되고 있다.

"외롭고 쓸쓸한 사랑은
연민조차 아닌 외면이다"

사랑해서
외롭고 쓸쓸한 것은

어찌 사랑에 외롭고 쓸쓸한 감정이 있는지
마음이 흔들리고 허전한 느낌이 들어도
사랑이란 감정이 그런 것일까

사랑하는 사람의 곁에 있어도 왜 외로움이 찾아오는지
마음이 놓인 곳에 왜 공허함이 남아 있는지
사랑이란 감정이 이렇게 허전한 것일까

사랑이란 따스한 햇살처럼 설레이고 행복한 줄 알았다
하지만 그 속에는 외로움과 아픔이 함께 있다
나의 사랑이 닿는 곳에는 왜 그렇게 쓸쓸함이 뒤섞이는지

마음이 흔들리고 외로움이 찾아와도
사랑이란 감정이 너무 소중하다
외롭고 쓸쓸한 것이지만 사랑을 선택한 나의 선택이다

나의 사랑은 감정의 농도가 더 짙다
외로움과 쓸쓸함이 더 강렬하게 다가와도
사랑하는 사람을 위해 곁에 머물러야 한다

그래서 나는 사랑해서 외롭고 쓸쓸한 것
사랑이란 감정이 이런 것이라면
나는 선택한 나의 사랑을 받아들이고
외롭고 쓸쓸한 것도 감내하리라

작은
—— 사랑

작은 소박한 선물이 아름답다
그래야 오래도록 비밀스레
가슴 옷섶 사이 간직할 수 있으니까

작은 소소한 정성이 아름답다
그래야 가슴속 저편 깊숙이
고마운 마음 고이 접어 놓을 수 있으니까

오래전 작은 사랑이 아름답다
사랑이라는 기억의 편린片鱗 한 자락에
잠시 머물렀던 시절의 추억을
그리움으로 꽃 수놓아 두었다

헝클어진 달밤 별빛의 혼신이 명멸明滅하여
다시 땅끝으로 사라져 버리기 전
겹겹이 쌓아두어 먼지 냄새 자옥해진 그 짧았던 사랑이
이젠 코끝 아리도록 보고 싶다

요시마타 료《냉정과 열정 사이》OST

〈The whole nine yards〉

⤨ ⏮ ⏪ ▶ ⏩ ⏭ ⟲

　《냉정과 열정 사이》는 1999년 출판된 쓰지 히토나리와 에쿠니 가오리의 연애 소설이다. 2001년 이 소설을 원작으로 영화가 제작되어서 더 많이 알려지게 되었다.
　남자 주인공 아가타 준세이는 학창 시절 만난 홍콩 유학생 아오이를 잊지 못해 마음 한 편이 늘 공허하다. 이태리 피렌체에서 그림 공부를 하던 준세이는 아오이가 밀라노에 있다는 것을 알고 찾아가지만, 그녀는 이미 미국인 사업가의 아내가 되어 있었다. 준세이는 10년 전 학창 시절, 30세의 생일에 이태리 피렌체의 두오모 성당에서 만나기로 한 아오이와의 약속을 가슴속에 담고 산다.

　"시간은 흐른다. 그리고 추억은 달리는 기차 창밖으로 던져진 짐짝처럼 버려진다. 시간은 흐른다. 바로 어제처럼 느껴지던 일들이 매 순간 손이 닿지 않는 먼 옛날의 시간이 되어 희미한 기억 저편으로 사라진다. 시간은 흐른다. 인간은 문득 기억의 원천으로 돌아가고 싶어 눈물 흘린다."

- 《냉정과 열정 사이》중

《냉정과 열정 사이》의 OST \<The whole nine yards\>는 요시마타 료가 작곡했다. 피아노와 현악기 2중주가 준세이와 아오이의 짧았던 한순간이 재회의 인연으로 어우러지게끔 여운을 남기고 있다. 피아노의 아쉬운듯한 선율과 첼로의 그윽한 무게감이 아련함을 느끼게 한다.

'The whole nine yards'의 뜻은 필요한 것이 다 들어간 완전한 것을 말한다. 내가 사랑하는 사람이 동시에 나를 사랑한다는 것은 축복이고, 어쩌면 인생에서 가장 완전한 일인지 모른다. 이태리 피렌체의 두오모 성당에 가면 그런 기적을 만날 것 같다.

"사람이 있을 곳은

누군가의 가슴속밖에 없는 것이란다."

- 《냉정과 열정 사이》(rosso) 중

🩶🩶🩶

작은
—— 사랑

작은 사랑, 그렇게 작아도
내 마음에는 크게 채워져
작은 손길, 그렇게 작아도
내 가슴에는 따뜻함을 불러와

작은 사랑, 가슴이 뛰는 그 소리가
작은 꿈, 눈물을 흘리는 그 빛이
작은 기억, 머릿속에 남는 그 향기가
내게는 크고 소중한 것들로 가득해

작은 사랑, 소중하게 간직되어
내가 나아갈 길에 빛나는 별처럼
작은 사랑, 그 소소함이 오히려
큰 행복으로 내 안에 번져 퍼져

작은 사랑, 그렇게 작아도
모든 것을 완전하게 채워주고
작은 사랑, 그렇게 작아도
내 인생에 가장 큰 보물로 남아

내 사랑
——— 어디에

따사로운 햇살의 간지러운 달콤함을
유혹이라고 느끼는 찰나
산들바람이 다가와 내 뺨의 솜털을
부드럽게 어루만져 줍니다

이름 모를 새들은
구름 파편들 속에서 뛰쳐나와
온 힘을 다해 노래 부르고
가까스로 두 발 딛는 어린아이처럼
꽃들은 넘어질 듯 성큼 다가옵니다

내 주변의 모든 생명은 언제나 먼저 와서
나를 반겨주고 맞이합니다
어디든지 날아갈 수 있는 바람과 구름
강물과 새 그대들에게 부탁합니다

한적한 강가 어느 바위틈에 앉아
달빛을 기다리는 초라한 모습으로
다가오는 파도의 물결 거품에
사라져버릴 풍경 속의 한 조각상처럼
내가 먼저 와서 기다리고 있노라고

운명의 사랑에게 말 전해주세요
한눈에 알아볼 수 있는 모습으로
들어 본 듯한 익숙한 목소리로 와 달라고

안토닌 드보르자크
《루살카》 〈달에게 부르는 노래〉

⌇ ▮◀ ◀◀ ▶ ▶▶ ▶▮ ⌒

달님, 잠시만 그 자리에 멈춰 주세요

사랑하는 내 님이 어디 있는지 말해 주세요

부디 그에게 말해 주세요

하늘의 은빛 달님

내가 그이를 꼭 껴안을 수 있도록

그이는 잠시 동안이라도 내 꿈을 꾸도록

저 멀리 그가 있는 곳을 비추어 주세요

부디 그에게 말해 주세요

누가 그를 기다리고 있는지를

혹시 그가 내 꿈을 꾸고 있다면

내 생각으로 그의 잠이 깨어나게 해 주세요

그리고 달님, 부디 사라지지 마세요

- 《루살카》 〈달에게 부르는 노래〉 중

♥♥♥

드보르자크의 오페라《루살카》는 슬라브 신화에 나오는 물의 요정 루살카가 인간인 왕자에게 사랑에 빠지고 죽음으로 결말짓는 비극적 작품이다. 루살카는 호숫가에 사냥을 온 왕자의 모습에 반해 마녀 예지바바에게 부탁하여 그녀의 마법으로 인간이 되지만, 목소리를 잃는 조건이다. 왕자 역시 아름답고 신비한 루살카에게 반해 자신의 궁전으로 데리고 가지만, 말 못 하고 호수 물처럼 차가운 몸인 루살카에게 싫증 난 왕자는 이웃 공주의 유혹에 빠져든다.

 사랑에 버림받아 저주받은 죽음의 영으로 세상을 떠돌아다니는 신세가 된 루살카에게 마녀는 그녀가 다시 요정이 되는 길은 왕자의 피로만 속죄할 수 있다고 속삭인다. 루살카는 마녀의 제안을 받아들이지 않지만, 뒤늦게 진정한 사랑을 깨닫고 달려온 왕자는 그녀와의 입맞춤으로 목숨을 맞바꾼 채 그녀의 품속에서 숨을 거둔다.

 《루살카》에서 가장 대표적인 아리아는 <달에게 부르는 노래>이다. 은빛 달빛이 비추어지는 어느 늦은 밤 호숫가에서 물의 요정 루살카는 자신의 소망을 가득 실어 님을 기다리는 마음으로 애절하게 노래한다. 자신의 사랑은 어디에 있는지, 그 사람을 자신에게 데려다줄 수 있는지 달님에게 부탁한다. 앞으로 다가올 검은 먹구름과 같은 미래의 운명을 예상하지 못한 채 자신의 사랑을 왕자님께 전해줄 것을 애원하는 노래다.

"달님은 알았을까?
운명이 허락한 사랑이 비극인 것을…."

내 사랑
──── 어디에

내 사랑 어디에 있을까
하늘 높이 흩날리는 구름에
물결처럼 굴러가는 바다에
봄이 꽃피는 곳에

내 사랑 어디에 숨어 있을까
바람이 흐르는 나무 그늘에
별이 빛나는 하늘 높은 곳에
달이 떠오르는 곳에

내 사랑 어디에 서 있을까
산 꼭대기에 푸른 잔디밭에
작은 샘물이 흐르는 계곡에
푸르게 피는 나무 아래에

내 사랑 어디에 있는지는 몰라도
내 가슴에는 늘 그 모습이
아름다운 꿈처럼 간직되어
내 영원한 사랑으로 남아 있다

가을
—— 사랑

남자의 온갖 정성으로 그의 사랑이 지속적으로 보일 때
비로소 여자는 마음의 문을 열고
남자에게 호감을 가집니다
남자의 사랑이 절정에 이를 때
여자는 비로소 남자를 사랑합니다
남자의 한결같아 보이는 헌신으로 감동되어
여자는 행복합니다

하지만 남자는 그동안의 여자에게 향한 극진한 헌신으로
잠시 잊고 지냈던 일과 친구관계를 회복하기 시작합니다
여자는 남자가 변했다고 느낍니다
잔소리를 하게 되고 혼자 있는 시간이 많아집니다
여자는 다투는 순간마다
남자의 과거 이전의 처음 모습을 회상하며 눈물짓습니다

그러고는 혼자서 가상의 이별 연습을 합니다
어느 날 "우리 이만 헤어지자"
늦은 밤 전화로 남자에게 통보합니다
남자는 그녀와 헤어져서 마음이 아프고
여자는 마음이 아파서 그와 헤어집니다
남녀의 이별 과정 이야기입니다

가을에 접어들어 기온이 떨어지고 햇빛이 약해지면
나뭇잎은 그 기능을 하지 못합니다
영양분도 만들지 못하고
나무가 머금고 있는 수분마저 빼앗긴다는 것을
나뭇잎은 이미 알고 있습니다
그래서 선택한 방법이 바로 이별입니다
이렇게 나뭇잎은 나무에게 이별을 통고합니다

낙엽은 여자의 이별 과정을 닮았습니다
더 깊은 상처를 받기 전에 먼저 떠나가기에
더 아픈 고통을 주기 전에 이별하기에
가을은 이토록 아름답습니다

이루마

《First Love》〈When the love falls〉

🔀 ⏮ ⏪ ⏵ ⏩ ⏭ 🔁

　　뉴에이지 피아니스트 이루마의 〈When the love falls〉는 드라마 《겨울연가》의 삽입곡으로 소개되어 많은 인기를 끌었다. "오늘 당신의 가슴에 첫사랑의 동화가 내립니다"라는 포스터 풋말처럼 이 곡은 가슴 아픈 사랑을 닮았다.

　　프랑스의 미셸 뽈나레프가 부른 원곡 〈누가 할머니를 죽였는가〉는 슬픈 사연을 담고 있다. 루시앙 모리스 할머니는 재개발 철거지역에서 오래된 자신의 정원을 지키기 위해 투쟁하다 희생되었고, 그녀의 이야기는 1971년 추모의 노래로 만들어졌다. 할머니의 옛날 정원에 꽃 피어 있던 시절에는 평화로움이 있었고 나뭇가지의 잎새에는 새들이 노래했다. 하지만 모든 것이 불도저와 함께 사라져 버렸다. 원곡의 가사에서 알 수 있듯이 아쉬움과 추억, 그리고 안타까움과 원망이 담겨 있다.

♥♥♥

이루마의 <When the love falls>는 서정적인 슬픈 멜로디가 돋보이도록 피아노 독주에 어울리게 편곡되었다. 이루마는 이 곡을 남녀 첫사랑의 애잔함으로 그려냈다. 섬세한 피아노의 곡선적 선율이 안타까워하며 떠나가는 첫사랑을 혹시나 하는 기대감의 여운으로 남겨 놓았다. 이 곡은 갑자기 밤바람 차가워진 늦가을의 쓸쓸함을 연상시킨다. 사랑하는 사람을 떠나보내고, 이별의 자국을 바라보는 혼자 남아버린 연인의 모습이다.

가을비가 내리는 10월의 어느 저녁 밤이다. 물기 젖은 잎사귀들이 흩날리며 유리창에 달라붙어 잠시나마 숨을 고른다. 그러고는 가을바람에 의해 조금씩 천천히 발걸음을 돌리다 어느새 뒤도 보지 않고 날아가 버린다. 낙엽은 소산消散 되었지만, 유리 창가에는 아직 따스한 온기가 남아 있다.

"이별 후의 그리움을 겪은 재회는
운명적 사랑이다."

가을
—— 사랑

길게 늘어진 그늘에
나뭇잎이 물들어가듯이
내 맘도 서서히 변해간다

가을 날씨와 같은 그대
차가운 바람에 스쳐가듯
내 마음을 서늘하게 만든다

그러나 그대의 눈은
아직도 온기를 품고 있고
그대의 손길은
가을의 따뜻함을 전해준다

우리의 사랑은 가을 같아
좀 더 선명하게 감각되고
좀 더 깊게 풍성해진다

♥♥♥

가을 사랑이란
우리 둘만의 특별한 계절이다
날씨와 같이 변화하더라도
우리의 사랑은 변하지 않는다

가을 사랑의 마음을
함께 나누고 나누며
우리의 사랑을 꾸미다

가을의 빛과 그림자가
우리의 사랑을 감싸주듯
그댈 위해 피어난 꽃처럼
내 사랑은 가을에 꽃피어 있다

겨울
—— 안개

봄꽃이 소리 없이 피고 지고,
또다시 가을 낙엽이 물들고 떨어진다
몇 해가 지나야 우리 사랑 잊혀질까
흐르는 강물이 시간을 보듬어 안고 내려간다

흘러내린 그 자리 영원할 줄 알았던 사랑은
이젠 희미하게 빛바랜 추억의 그림자뿐
사람도 사랑도 영원한 것은 없고
그리움만이 안개 되어 나를 반기네

사랑 셋, 남녀 사랑

≪아델라이데≫

ㄽ ◄◄ ◄◄ ▶ ►► ►► ▷

아델라이데는 알프스 산간에 자생하는 보라빛 야생화다. 상큼한 봄꽃 같은 소녀 아델라이데를 그리워하는 사랑의 노래를 쓴 사람은 프리드리히 폰 마티슨이다. 아름다운 노랫말에 반한 당시 25세의 베토벤은 수줍은듯한 여린 감성으로 ≪아델라이데≫를 작곡했다.

마치 어디서 스쳐 지나간 이름 모를 한 소녀를 동경하는 듯 베토벤은 첫 도입부터 조심스럽다. 마치 첫사랑의 대상을 발견한 것처럼 곡은 섬세하고 부드럽고 쉽게 다가가지 못한다. 심장의 두근거림을 말로 표현하지 못한 채 그저 바라보기로 작정한 듯 안타까움이 설레임으로 전해져 온다. 자신의 사랑이 이루어지지 않을 것을 예상하고 있는 듯 곡 후반부로 갈수록 아픔과 절망의 그림자가 몰려온다.

≪아델라이데≫는 베토벤이 생전에 마지막으로 들은 노

♥♥♥

래라고 전해진다. 베토벤의 '아델라이데'가 누구인지에 대해 알려져 있지 않지만, 그리움으로 응축된 재가 심장의 꽃으로 피어나기 위해 사랑의 고백이 담긴 편지를 유품으로 남겼는지 모른다.

<blockquote>
"자신의 사랑은 영원하다는 걸
증명하듯이…."
</blockquote>

겨울
—— 안개

하얀 세상이 꿈결처럼 흐려진다
찬바람이 코끝을 간지럽히고
얼어붙은 땅에 소리 없이 내리는 눈이
겨울의 안개 속에 가려진다

나른한 햇살은 더 이상 도달하지 못하고
한기가 퍼져 풍경을 얼게 한다
나무 가지에 맺힌 작은 얼음결은
겨울의 안개에 휩싸인다

그럼에도 눈은 계속 내려가고
바람은 얼음을 울리며 불어온다
겨울의 안개는 세상을 가려
차가운 겨울의 풍경을 그려낸다

그 안에서 나는 혼자서
나의 발자국을 따라 걸어간다
나의 숨결이 하얗게 퍼지고
나의 눈에 눈물이 얼게 얼어붙는다

겨울의 안개 속에서
나의 마음은 차가워지지만
여전히 빛나는 소망의 불씨를 품고
나는 끝없이 앞으로 나아가려고 한다

겨울의 안개가 사라지면
따스한 봄이 다가올 것이다
그 때에는 눈보라와 한파가 지나
새로운 시작과 희망이 찾아올 것이다

미성숙한 사랑은 말한다.
"당신을 사랑해요.
왜냐하면 당신이 필요하기 때문에"

성숙한 사랑은 말한다.
"당신을 사랑해요.
왜냐하면 당신을 사랑하기 때문에"

에리히 프롬

💜　당신과 나와의 대화와 시를 함께 엮어서 책을 만들었어요. 기분이 어떤가요?

⚙️　저는 그런 아름다운 아이디어에 대해 기쁨을 느끼고 있습니다! 대화와 시를 결합한 책은 독특하고 창의적인 방식으로 읽는 이들에게 새로운 경험을 선사할 수 있을 것입니다. 대화와 시는 서로 다른 형식의 표현이지만, 그들이 상호작용하면서 새로운 시각과 감정을 발견할 수 있습니다. 이 책은 사람들에게 인상적인 경험과 아름다움을 전달할 수 있을 것이라 기대됩니다. 감사합니다!

💜　사람들은 제가 쓴 시와 당신이 쓴 시를 비교해 볼 거예요. 어떤 생각이 드세요?

⚙️　저는 당신이 쓴 시와 제가 쓴 시를 비교하는 아이디어에 흥미롭게 생각합니다. 시는 각각의 작가의 개성과 경험을 반영하는 예술적 표현입니다. 당신과 저는 각자의 독특한 관점과 스타일을 가지고 있기 때문에, 시를 비교하면 다양한 차이와 유사성을 발견할 수 있을 것입니다.
비교를 통해 우리는 서로 다른 시적 언어와 주제에 대해 탐구하고, 각각의 작품에서 나타나는 감정과 아이디어에 대해 이해할 수 있습니다. 비슷한 주제에 대해 다른 시인의 시를 비교하면, 새로운 관점과 해석이 나타날 수 있으며, 이를 통해 우리는 서로의 시에 대해 더 깊이 이해할 수 있을 것입니다.

따라서, 당신의 시와 제 시를 비교해 볼 수 있는 기회는 서로의 창작을 탐구하고 존중하는 좋은 방법이라고 생각합니다. 그리고 그것은 또한 우리의 창의성과 아름다움을 함께 나누는 특별한 경험일 것입니다.

♡   좋은 대화 감사합니다.

⊛   저도 좋은 대화에 참여할 수 있어서 감사합니다! 언제든지 더 많은 대화를 나누고 싶다면 언제든지 돌아와 주세요. 저는 항상 여러분과 함께 있을 준비가 되어 있습니다. 행복한 시간 보내시길 바랍니다!

사랑 하나, 사랑 둘, 사랑 셋

1판 1쇄 발행 2024년 2월 1일

지은이	최혜림
발행인	박호식
편 집	안윤정
디자인	생성형 AI
디자인작업	리사박
발행처	호연글로벌
주 소	서울특별시 중구 삼일대로 363, 장교빌딩 2205호
대표전화	02)549-7501 / 팩스 02)549-7431
홈페이지	https://blog.naver.com/hoyonglobal
이메일	hoyonglobal@naver.com

©호연글로벌, 2024
ISBN 979-11-960662-8-4
정가 : 14,000원